Verlag Voland & Quist GmbH, Dresden und Leipzig, 2016

Korrektorat: Annegret Schenkel
Illustrationen: Ahne
Umschlaggestaltung: HawaiiF3
Satz: Fred Uhde
Tonaufnahmen und Mastering: Raumstation
CD-Produktion: polycopy
Druck und Bindung: CPI books GmbH, Leck – Germany

www.voland-quist.de

Ab heute

fremd

von Ahne

Texte & Strichzeichnungen

Voland & Quist

Berlin, 01. April, 2999

Für Eva!

Wenn ick jewusst hätte, wie jut du bist, hätt ick allit abjesagt, also, du weeßt schon.

Ahne

mit Grüße von Gott

Inhaltsverzeichnis

Guten Tag!

Sie kennen mich vielleicht noch aus den Standardwerken *Was war eigentlich morgen* und *Wieder kein Roman*. Schlüppi, mein Name. Oder auch Prof. Stefan Passner. Ich schreibe Vorwörter, also als Hobby. Normalerweise bin ich ja Astrophysiker an der Universität Zella-Mehlis, derzeit aber freigestellt, im Sabbat-Jahr, weil ich mich nicht so fühle, Ziegenpeter vielleicht. Für Ahne schreibe ich dieses Vorwort, weil ich ihn kenne, bereits seit ... zig Jahren. Wir haben gemeinsam Kondome aufgepustet und damit gegen die Umweltzerstörung in der DDR protestiert, was damals ziemlich heikel war, ihr erinnert euch. Nun hat er also wieder ein Buch geschrieben, sein drittes bereits, also jedenfalls habe ich drei gelesen, also angefangen zu lesen. Lesen ist ja eigentlich nicht so mein Ding, ich gucke lieber aus dem Fenster oder Filme, deshalb weiß ich jetzt auch nicht so richtig, was hier überhaupt drinsteht. Ist aber bestimmt gut.

Wenn ich mal was anderes sagen darf, der neue *Star-Wars*-Film, ja, der hat mich voll vom Sessel geboxt. Alter! Der Hammer!!! Besonders die eine Stelle, wo der mit der Fellfresse diesem Gnom da so dermaßen eine reinzwirbelt, dass der durch den gesamten Saloon fliegt. Bretter! Direkt in die Vitrine! Eine Referenz an Bud Spencer und Terence Hill, klar. Davon wimmelt es ja in dem Film. Ich hab mal zu meinem anderen Freund, Andreas Dresen, ja, zu dem hab ich mal gesagt: »Dresen, mach doch mal so einen Film!« Aber kann er nicht, hat er gesagt. Kein Geld. Deutschland hat kein Geld. Deswegen müssen in den deutschen Filmen immer alle so traurig gucken und Krebs haben oder mit einer Flasche Schnaps am Tisch sitzen, aber niemals fliegt jemand in die Glasvitrine; oder Raumschiffe, ja, kennt jemand einen deutschen Film, wo mal ein Raumschiff landet? Also ein richtiges Raumschiff, nicht so ein Spaßraumschiff. Gibt es nicht. Wenn mal in einem deutschen Film ein Raumschiff landet, ist das immer ein Spaßraumschiff, und Udo Lindenberg steigt aus. Ha, ha, ha! Selten so gelacht. Den deutschen Film kann man einfach nicht ernst nehmen. Gut. Musste mal gesagt werden. Viel Spaß mit dem Buch hier. *Ab heute fremd*. Na, hoffentlich wird der nicht auch so'n trübsinniger Onkel jetzt. Tschüss.

Ihr Stefan »Schlüppi« Passner

Auf der Suche

Mit der Erinnerung ist es ja immer so eine Sache. Oft denkt man, man würde sich genau an etwas erinnern, dabei sind es nur die Erzählungen der anderen, die einem in den Sinn kommen.

Ich bin kein Gründungsmitglied der Reformbühne Heim & Welt, gegründet wurde die Lesebühne bereits im Januar 1995. Im Februar desselben Jahres sprach mich Falko Hennig an, ob ich nicht mitkommen wolle zu einer Lesereihe, die ein paar Leute jeden Sonntagnachmittag im Berliner Schokoladen veranstalteten. Ich würde doch auch ab und zu mal was schreiben, und er wolle sich da eben beteiligen, wolle es einfach ausprobieren, wie das so sei. Ich war 27 damals, hatte Zeit und machte eigentlich jeden Scheiß mit. Wir lebten in zwei besetzten Häusern nebeneinander, die eng verbunden waren, tranken dort Bier und freuten uns der Möglichkeiten, die man als verantwortungsloser Junggeselle im real existierenden, aber noch nicht voll funktionierenden Kapitalismus der Nachwendezeit besaß. Punk war mein Erweckungserlebnis. Kannst du nicht wirklich singen, kannst du nicht wirklich schreiben, kannst du alles nicht wirklich, was hindert dich daran, es zu tun? Also hakte ich mich unter und wir gingen gemeinsam dorthin. Im Schokoladen wurden wir begeistert aufgenommen. Das heißt, wir sollten uns auf zwei separate Stühle an der Wand setzen, während die Stammmitglieder um einen Tisch herum auf der Bühne Platz nahmen. Wir würden schon aufgerufen werden, wenn wir dran seien, hieß es. Was ich las, weiß ich nicht mehr, sicherlich irgendetwas mit umherschwirrenden Untertassen, die Blut saugten, oder einer Nazi-Oma oder sprechenden Blumen, doch ich trug es voller Inbrunst vor. Als sich der Raum leerte, waren wir beide vollwertige Mitglieder und sollten ab sofort jede Woche mindestens zwei neue Beiträge zustande bringen. Das mussten nicht zwangsläufig Geschichten sein, auch Lieder, Gedichte, Rätsel, Zaubertricks, Agitation und Propaganda waren gefragt sowie Mitmachspielchen. Hauptsache, es langweilte nicht. Natürlich langweilte es doch ab und zu einige, manchmal auch alle, das aber glichen wir geschickt durch exzessiven Konsum von Alkohol und befreundeten Rauschmitteln wieder aus. Wir waren dem Publikum nicht gerade Vorbild, was das Benehmen während des Auftrittes unserer Kollegen anging, riefen oft Dinge dazwischen, quatschten untereinander, kippelten oder warfen Bierflaschen um. Wir waren sehr lustig, und wir waren sehr klug, alles wussten wir besser, wir waren wahnsinnig wichtige Wurstwesen. Wir konnten sie durchschauen, die heuchelnden Politiker, die halbseidenen Lügenmedien, die altbackenen Künstler. »Schafft eins, zwei, viele Reformbühnen«, riefen wir oder lallten es, je nachdem, wie fortgeschritten der Abend war, denn wir hatten die Reformbühne mittlerweile auf den Sonntagabend verlegt, 20.15 Uhr, direkt nach der Tagesschau, welche wir auf einem kleinen Taschenfernseher vorher Revue passieren ließen.

Ich lebte damals von Sonntag zu Sonntag, freute mich wie ein Kind, war ja auch ein Kind, bin ein Kind geblieben, ein Kind, was selber drei Kinder hat, von denen zwei mittlerweile ausgezogen sind. Also nicht nackt, sondern in Wohnungen, andere Wohnungen. Privatangelegenheit. Aber das war und ist es eben auch! Das Private ist politisch und damit relevant für alle!

Alltagskram wurde den Lesebühnen immer wieder vorgeworfen, das sei gar keine richtige Literatur. Stimmt! So, wie Rockmusik keine richtige Musik ist und moderne Maler gar nicht richtig malen können, so machen eben auch wir keine richtige Literatur. Selbst wenn wir mittlerweile zig Bücher geschrieben haben, Theaterstücke und Filme, so ehrt mich dennoch diese als Vorwurf gemeinte Aussage, auch heute noch. Denn etwas Richtiges wollte ich nie machen. Etwas Richtiges tun Menschen, die erwachsen geworden sind, die nicht mehr nach links und rechts gucken, weil sie alles bereits zu kennen glauben. Gute Zensuren und begehrte Preise sollen andere einheimsen, ich bleib auf der Suche.

Meine Mutter meinte, als sie zum ersten Mal zu Gast bei der Reformbühne Heim & Welt war, ob es nicht sein könne, dass die Leute mich alle nur auslachten? Sie will davon heute nichts mehr wissen, glaubt, da würde meine Erinnerung mich trügen, das hätte mir jemand anders erzählt. Kann schon sein, dennoch lasse ich auch in Zukunft lieber mich auslachen, als wenn die Leute nicken und direkt danach einschlafen. Is so!

Hans im Glück
auf dem Weg zum Mars,
oder so

Zwiegespräche mit Gott – heute: Überdachung

A: Na Gott.

G: Na.

A: Na, hast du einklich ooch deine Haltung zu die Flüchtlinge übadacht, Gott?

G: Wieso?

A: Na, wejen die Übagriffe, da in Köln und in Hamburg und in weeßick nich, wo noch allit.

G: Grenzen dicht, meinste?

A: Nich icke, Gott, nich icke. Also, na ja, ick find, villeicht sollte man die Sache etwas behutsama anjehn.

G: Nur Fraun und Kinda rinlassen?

A: Fraun, richtich. Fraun und ..., Mädchen villeicht? Erst ma? Also, wär 'ne Möglichkeit.

G: Und schwule Männa?

A: Sowieso, ja. Schwule sowieso.

G: Und die Jungs, die waten denn mit die restlichen Männa draußen, oda wat?

A: Na, da könnten se villeicht erst ma Benimmse lern, also unsre Regiln pauken, wa? Wennick jemand in Minirock sehe, zun Beispiel, wie vahaltick mir denn, wenn meene rechte Hand partu nich von lassen kann, unta diesen Rock Zuflucht suchen zu wolln und so.

G: Du meinst, die sind alle 'n bisschen zurückjeblieben?

A: Nich alle, Gott, nich alle! Ick bin doch keen Nazi! Nee, aba ziemich ville ürgendwie. Dit is ja ooch völlich normal. Ick mein, die komm ja nu aus 'ne Jesellschaft, wo der Mann dumm sein kann wie'n Tablett Kekse, die Frau muss ihn trotzdehmd zu Willen sein. Dit prägt. Dit wah ja bei uns Ostlan damals ooch nich andas. Ick mein, wann endlich hatte ick begriffen, dit man nich jeden Bettla in Westen sein Jeld in't Hütchen schmeißen kann, weeßte? Da habick ja ooch erst ma 'n Lernprozess durchmachen müssen.

G: Du vagleichst ...?!

A: Natühlich vagleichick, Gott! Man vagleicht sowieso! Wennick sage, die DDR und dit Dritte Reich kamman nich vagleichen, habick sie bereits vaglichen.

G: Du hast mit deine Finanztransaktjonen in Bettlahüte aba niemanden jeschadit.

A: Bin ick etwa ein Niemand?! Wenn jemand mit die ürren Vorstellung herkommt, er könne Frauen nach Lust und Laune betatschen, berauben und verjewaltijen, denn ... denn weeßick ooch nich, Gott. Eia abschneiden, wie't früha die Emanzen vorschlugen, is ja ziemich brutal.

G: Führt inne Sackgasse, stümmt. Aba, Schätzchen, ick mein, wat habta euch denn vorjestellt? Habta jedacht, die Schohse looft nur in eene Richtung? Ick mein, ihr fliegt nach Takka-Tukka und weeß ick wohin, preist eure 4-Takt-Scheesen bei de Chinesen, fangt in Afrika die Füsche weg, vaanstaltit in Katar die Sackhüpf-WM, aba mit die Schattenseiten der Medallje, die soll euch ma jefällichst jestohln bleim, wa? Die Zottilbahtkriega. Die hunganden Analfabeten. Die ahmen Schlucka. Die Übabevölkerung. Die füttata mit pah lustije Spenden, jebt ihnen wat von eure Abfälle, und dafür awarteta denn Dankbahkeit?

A: Ick, Gott, awarte lediglich, dit se sich wie Menschen benehm, wie ziwilisierte Menschen.

G: Denn musste dir mit aus'n'andasetzen. Die Grenzen hab nich ick jemacht, Sportsfreund, sondan ihr. Wenna se wieda weghaben wollt, issit 'ne jute Sache, denn müssta aba ooch Vaantwortung übanehm, für'nanda.

A: Ick hab lernen müssen, Gott, dittick pleite jeh, wennick jeden Bettla wat abjeb, in Westberlin. Wie sollick da Vaantwortung übanehm für 'ne bettilnde Welt?

G: Villeicht bettilt die Welt nich nur um Jeld?

A: Sondan?

G: Vielleicht … oh, ick muss inne Küche, sonst brennt mir die Suppe wieda an.

A: Klah Gott. Tschüss Gott.

G: Tschüss du.

A: Ach, Gott?

G: Ja?

A: Meinste denn, dit würd noch jut ausjehn, an' Ende?

G: Würd dit. Aba dazu mussick würkich dringend ma inne Küche, jetz.

Mirko hatte den Stern der Weißen gefunden. Aber was sollte er damit?

Wie ich mal noch ein wenig Zeit gehabt habe

Als ich einmal auf dem Leipziger Hauptbahnhof spazierte, ich hatte noch ein wenig Zeit, mein Zug nach Chemnitz fuhr um sechs, hörte ich von einem Bahnsteig her, Gleis 12, eine Blaskapelle spielen.

Ich mag ja Blasmusik, die feschen Tuben, die trutzigen Trompetas, Dudelsakkos, Sakkophone, das klingt so herrlich berauschend irgendwie, vereint, man möchte sofort das Tanzbein schwingen, lustig im Kreise sich drehen, die Sorgen des Alltags links und rechts im Stiche lassend. Ich mag auch Uniformen. Blasmusiker und -musikerinnen (vergessen wir nicht die Blasmusikerinnen!) sind ja häufig uniformiert, tragen Mützen mit roten Bommeln dran, Phantasieschulterstücke, Orden und Hochwasserhosen aus Leder oder aus Gummi ... es geht nichts über Gummihosen! Gibt's bei Rossmann.

Na, jedenfalls war ich euphorisiert und schlurfte euphorisch dahin, zu denen. Und kam aber nicht weit, denn der Bahnsteig an Gleis 12, er war gesperrt. Abgesperrt! Ein König sollte hier empfangen werden mit zünftiger Blasmusik. Der König von Bhutan. Das zumindest verkündete ein Spruchband, welches über der Kapelle hinweg gespannt gewesen worden war. *Der einzige Schaulustige bin ich,* sprach ich laut in mir drin. Scheinbar hatte der Bhutanerkönig nicht so viele Fans in Europa. Keine Facebook-Seite vielleicht. Aber das war ja nicht weiter schlimm.

Mir ist nie langweilig. Langeweile, die kenne ich nicht. Das war schon als Kind so. Bis ich sechs Jahre alt war, setzte mich meine Mutter in so einen Gitterkäfig hinein. Und da saß ich dann, in der Mitte. Und war zufrieden. Ich benötigte kein Spielzeug. Es gab ja überall was zu sehen. Eine Fliege oder eine Tapete mit Muster. Und wenn es nichts zu sehen gab, konnte man sich vorstellen, es gäbe etwas zu sehen.

So tat ich es nun eben auch. Ich stellte mir einfach vor, wie der König von Bhutan in seinem Zügele hineinrollerte in den Leipziger Hauptbahnhof, auf Gleis 12. Festlich geschmückt war sein Zug, mit exotischen Früchten. Welche exotischen Früchte es wohl in Bhutan gibt? Sansculotten vielleicht? Zimtfarbene Sansculotten? Ovale Dickschalenfrüchte aus dem Reich der Schattenstauden, groß wie Hundeköpfe, von eher kleinen Hunden, Rehpinschern? Oder Berberas? Graue Rispenbeeren, die nach Wind schmeckten und in Büscheln unter der Erde gedeihen?

Die Dampflok zog lediglich einen Wagen, einen goldenen allerdings, Hunderte Meter lang, auf Hochglanz poliert, mit einem selbst gestrickten Dach als Dach. Quietschend kam der Zug zum Stehen. Ein Teppich wurde entrollt. Alt-Kanzler Helmut Gauck empfing in zahnloser Garderobe den Repräsentanten der zentralasiatischen Hochgebirgsrepublik.

Wobei Republik? Ein König? Von einer Republik? Na, ist eben so. Wer was dagegen hat, kriegt auf die Schnauze! Nicht von mir, in Bhutan.

Herr Holk, der König von Bhutan heißt nämlich Holk, Holk mit Nachnamen, ein ganz gewöhnlicher bhutanischer Familienname, Holk, wie bei uns Müller oder Gauck, Herr Holk trat gemessenen Schrittes, stolperte er im Schlafanzug aus seinem Schlafzug. Er war noch verschlafen, ein wenig, weil er gerade geschlafen hatte. Kurz vor Bitterfeld musste er eingenickt sein, nachdem er *mobil* gelesen hatte, drei, vier Zeilen, das Magazin der Deutschen Bahn, Aufmacher Nuhr, Dieter Nuhr, in Deutschland bekannt wie ein bunter Hund, aber in Bhutan nicht so. Da war jeder Hund bekannter als Dieter Nuhr, der musste noch nicht mal bunt sein. Herr Holk erhielt von Herrn Gauck ein Glas Spreewälder Gurken. Schraubglas. 1,99 bei REWE. Geschenk. Die Beziehungen sollten ausgebaut werden und gefestigt. Bhutan galt als strategisch besonders wertvoll.

Oben auf den Bergen konnte man prima Abhöranlagen aufstellen, mit denen man prima abhören konnte, den Wind. Woher der wehte, zum Beispiel. Auch besitzt Bhutan ja Bodenschätze. Gold, Silber, Edelsteine, seltene Matschepampe. Der König bedankte sich artig und spuckte dem Alt-Kanzler dreimal ins Gesicht. Jetzt ruhig bleiben, wünschte ich dem obersten Repräsentanten unserer Republik. Ganz ruhig bleiben. Einfach tun, als wäre gar nichts geschehen. Bloß nicht das Taschentuch jetzt aus der Hosentasche zerren und sich den Kladderadatsch aus dem Gesicht wischen. Das wäre ein Affront. Immer daran denken, in anderen Teilen der Welt gilt es als eklig, wenn dir jemand die Hand schüttelt. Wir schaffen das. Irgendwie.

Die Blaskapelle unter der Leitung von Max Mutzke spielte *Veronika, der Lenz ist da,* und ein Hubschrauber landete auf dem Bahnsteig, wodurch leider die schöne Musik nicht mehr zu hören war. Auch flogen die ganzen Zettel weg, wegen dem Wind und wegen dem Genitiv, und mein Zug nach Chemnitz fuhr in einer Minute. Nun aber hurtig, Ahne, die Beine in die Hand genommen und hübsch hingefallen, denn wenn man die Beine in die Hand nimmt, fällt man ja hin, zumindest wenn man nicht gerade sitzt oder sowieso schon liegt.

In unseren sozialen Netzwerken wissen ja viele immer Bescheid, was Politiker so tun sollten oder auch lassen. Auch ich weiß das, selbstverständlich. Allerdings muss man ja nicht immer alles mitteilen, was man so weiß, finde ich.

Darüber spricht man nicht

Oft werde ich gefragt, wie denn der Tagesablauf bei mir so aussehe. Wie ich denn immer noch schreiben könne, nach nunmehr 60 Jahren. Andere Quellen sprechen von 23, 10 oder 5 Jahren. Einem Bäcker werden solche Fragen vermutlich seltener gestellt, oder einer Bauarbeiterin. Vielleicht liegt es daran, dass sich die meisten Menschen nicht vorstellen können, wie man freiwillig einer derart öden Beschäftigung wie dem Schreiben nachgehen kann, über Jahre, Jahrzehnte, Jahrhunderte hinweg.

Lange vor Sonnenaufgang, im Winter sogar lange, lange davor, recke ich bereits meine müden Glieder und schäle mich aus den Federn, bemüht, die Bettgenossin nicht zu wecken, welche als Bundeskanzlerin arbeitet, auch ein wichtiger Beruf, selbst wenn junge Menschen heute angewidert ihr Näschen rümpfen. Sie wollen Supermodel werden lieber oder YouTube-Star. Auch okay. Müssen sie durch. Wenn es ihnen Spaß macht?

Vorsichtig schleiche ich in den Flur. Ich lösche niemals das Licht, denn ich will die Artgenossen in den gegenüberliegenden Häusern nicht wecken, diejenigen, welche keine Gardinen besitzen. Dauert dadurch alles etwas länger, doch das nehme ich gern in Kauf, Hauptsache meine Mitmenschen geruhen zu ruhen.

Ich koche mir einen Chrysanthemen-Tee. Ich liebe Chrysanthemen-Tee. Das verbindet mich mit Morrissey. Morrissey und ich, wir lieben alle beide Chrysanthemen-Tee. Er macht nicht munter und auch nicht müde, er macht nichts. Dazu schmiere ich mir einen Apfel. Mit Magarine. Meine Oma sagte ja immer

Margarine. Wahrscheinlich weil sie Margarethe hieß. Ich aber sagte immer Magarethe. Aber nicht zu ihr. Zu ihr sagte ich Oma. Oder nein, jetzt fällt's mir wieder ein, Omi. Ich sagte Omi. Manche sagen ja auch Omchen zu ihrer Oma. Oder Omma. In Nordrhein-Westfalen sagen sie Omma. Südraus-Ostfarbig ist übrigens keineswegs das Nachbarland von Nordrhein-Westfalen und auch nicht zerstritten mit denen. Es liegt ganz woanders, wo, weiß keiner.

Meist lasse ich die Hälfte des Apfels liegen, weil ich ihn nicht mehr finde, es ist ja immer noch dunkel. Ich hole die Kohlen aus dem Keller und fege die Treppe. Das ist eigentlich gar nicht notwendig, weil wir längst eine Starkstromheizung unser eigen nennen und die Treppe von einer Putze gefegt wird, die das gerne tut und schwarz, aber hauptsächlich gerne. Nein, ich erledige das, um mir Inspiration zu holen, für das Schreiben. Manche denken ja, die Hauptarbeit beim Schreiben sei das Schreiben. Dem ist ganz und gar nicht so. Man kann ja nicht einfach losschreiben. Man benötigt Inspiration. Oder wie es die Informatiker unter uns sagen würden: Ohne Input kein Output. Put, put, put. Klingt ein bisschen, als würde man mit Hühnern reden.

Beim Kohlenholen prasseln erste Gedanken durch mich durch. Mann, ist das schwer. Oder: Mann, ist das schwer. Manchmal denke ich zweimal hintereinander dasselbe. Nach dem Treppefegen ziehe ich mich an. Trainingsanzug. Ich laufe zwei Stunden um den Block. Das ist für die Fitness. Man muss ja auch gut aussehen als Schriftsteller. Das war nicht immer so, aber heute ist das so. Wir leben in einem Medienzeitalter. Wenn du heute als Schriftsteller berühmt werden willst, musst du einfach gut aussehen. Nicht umsonst sehen alle berühmten Schriftsteller gut aus. Ich muss da gar keine Namen nennen und will es auch gar nicht, ich will mich ja nicht einschleimen, und Schriftsteller sind ja auch sehr gehässig untereinander, wenn du da einen Namen erwähnst und einen anderen vergisst, ist gleich wieder sonstewas los, dann tobt das Feuilleton, Sibylle Lewitscharoff, ich muss, wie gesagt, keine Namen nennen.

Unterwegs kaufe ich Zeitungen. Ich kaufe alle Zeitungen, die es gibt. FAZ, TAZ, KATZ, HUND, MAUS, man muss umfassend informiert sein als Schriftsteller. Selbst wenn man nur Liebesromane schreibt, das fließt trotzdem mit hinein, die Politik und das Ganze, der Sport. Auch Wirtschaft lese ich. Nicht gerne, aber ich tue es. Ich quäle mich regelrecht durch die Wirtschaftsteile sämtlicher Zeitungen. Am allerschlimmsten sind aber Immobilienbeilagen. Da verstehe ich wirklich kein einziges Wort, aber es ist trotzdem wichtig. Vielleicht schreibe ich ja mal ein Gedicht oder jemand anders schreibt ein Gedicht, man weiß es einfach nicht, man weiß es einfach nicht.

Gegen Mittag steht dann meine Freundin auf und ist schlecht gelaunt. Sie trinkt immer so viel. Da ist es normal, dass man schlechte Laune bekommt. Einen Kater haben nennt man das.

Ich serviere ihr das Übliche, Rollmops, Konterbier, massiere ihren Nacken und verabreiche Komplimente. Auch für uns Künstler ist es schließlich gut, wenn die Bundeskanzlerin halbwegs in der Lage ist, ihrer Arbeit nachgehen zu können. Klappt die Tür hinter ihr zu, muss ich allerdings erst mal tief durchatmen, wozu ich selbstverständlich vorher das Fenster öffne, beziehungsweise zwei gegenüberliegende Fenster, Durchzug, dann erst atme ich. Puh!

Nun räume ich Tellerchen, Schüsselchen, Tässchen und Fläschchen fein ins Spülmaschinchen und beginne hernach zu meditieren. Dazu setzt man sich in einen Schneidersitz, muss jetzt nicht unbedingt ein Modell der Firma Schneider sein, andere Sitze erfüllen auch ihren Zweck, und sagt »Ommm«. Man kann auch was anderes sagen, das ist vollkommen egal, Hauptsache man bekommt ein Bewusstsein, man taucht in eine Dimension, in andere Sphären, wo es auch Zwerge gibt und Einhörner. Ich habe das von Jane Fonda, von einem ihrer Videos. Das Meditieren hilft mir sehr beim Schreiben. Der ganze Druck fällt ab, ich fühle mich leicht, als könnte ich fliegen, alles ist weich und liebevoll, zärtlich. Wie eine Feder, so zärtlich.

Danach höre ich Radio. Eine Dokumentation über Atomkraftwerke zum Beispiel, die in Ländern der Dritten Welt unter Umgehung sämtlicher Sicherheitsstandards gebaut werden sollen. Es ist schlimm, was in unserer Welt so alles geschieht, was möglich ist. Und niemand tut etwas! Das macht mich oft wütend. Rasend wütend macht mich das.

Ich steige dann erst mal in die Badewanne. Vor dem Schreiben eine Badewanne. Das ist richtiggehend zu einem Ritual für mich geworden. Ich weiß gar nicht, wie die Schriftsteller früher schreiben konnten, als es noch keine Badewannen gab. Muss ich mal Salman Rushdie fragen.

In meiner Badewanne habe ich jedenfalls so ein kleines Badewannenschiff, eine Quietscherobbe und einen Waschteddy. Mit denen spiele ich. Pirat oder Titanic. Meistens Pirat. Bei Titanic nervt die Musik immer so. Muss man aber aufpassen. So schön es in der Badewanne auch ist, es lauern Gefahren. Wenn man zum Beispiel nicht drauf achtet, kann es passieren, dass das Wasser kalt wird. Dem begegnet man am besten dadurch, dass man ab und zu frisches heißes Wasser zuführt, doch Vorsicht bei älteren Badewannen, die noch keinen Überlaufschutz besitzen, irgendwann ist die Wanne voll. »Die Wanne ist voll, huh, huh, huh«, da gab es ja auch mal einen Hit, einen Protestsong, der sich dieses Themas bemächtigte. Chris Norman, wenn ich mich nicht irre. Des Weiteren beginnt nach geraumer Zeit die Haut sich vom Körper zu lösen, zuerst an den Fingerkuppen und Zehen, im fortgeschrittenen Stadium gerne auch großflächig. Mehr als 50 % der Haut eines menschlichen Körpers dürfen sich aber nicht lösen, sonst ist man tot. Ich will hier keine Angst machen, das sind einfach Fakten, genau wie es Fakt ist, dass sich die Erde um die Sonne dreht und der Mond um die Erde und alles gemeinsam um die Liebe.

Am späten Nachmittag ist es dann Zeit, sich den Nachmittagsserien im Fernsehen zu widmen. Der arme Poet, der weltabgewandt im stillen Kämmerlein vor sich hin dichtete, das war einmal, wenn überhaupt. Der moderne Schriftsteller steht mitten im Leben. Er kennt *GZSZ*, weiß, wer mit wem zusammen ist im *Marienhof,* und die Urteile von Richterin Barbara Salesch, die könnte er im Schlaf rezitieren. Auf was für Ideen manche Verbrecher so kommen? Aber zum Schluss werden sie doch alle überführt, spätestens wenn jemand wutentbrannt zur Tür hereinstürmt.

Um 18 Uhr ist bei uns Abendbrotzeit. Es gibt ja nichts Wichtigeres im Arbeitsalltag eines Schriftstellers als das Abendbrot. Es sollte reichhaltig, aber auch raffiniert sein. Nichts behindert den Literaten mehr in seinem Schaffensprozess als ein lieblos hingeklotzter Auflauf, ein fader Eintopf, eine schnöde Stulle, wo sich die Wurst an der Seite schon so hochbiegt. Er hat immerhin aufs Mittagessen verzichtet, der hehren Kunst zuliebe, da darf es ruhig etwas mehr sein und etwas besser. Bei uns zu Hause bereitet traditionellerweise die Bundeskanzlerin das Abendbrot zu, oft nach einem Streit, denn so wie dem Schriftsteller seit alters her Bewunderung entgegenschlägt, weil ihm immer was einfällt, so wird er auch beneidet, ob der vielen Freizeit, der freien Zeit, die natürlich nur von jenen Menschen freie Zeit genannt werden kann, die nie in ihrem Leben das harte Brot der Schriftstellerei haben nagen müssen.

Mein Leibgericht ist Wiener Schnitzel mit Butterschwenkkartoffeln und Waldpilzen. Aber auch einen Rehrücken, Wachteln, eine Paella mit Meeresfrüchten oder ein gut angerichteter Hammelmagen, ein gefüllter, darf auf den Tisch. Durchaus. Es liegt, wie gesagt, an der Zubereitung. Mit Liebe sollten die Speisen gekocht werden, mit Liebe und mit Pfiff, dann bin ich bereits zufrieden und um ein Lob nie verlegen. Ein Gläschen Wein rundet das Mahl ab. Ein Stück Gebäck, ein feiner Mokka, der Autor sagt nicht Nein.

Manchmal schwirrt auch eine Idee in seinem, will heißen meinem, Kopf herum, aber … hat Zeit, die Frau verbrachte einen schweren Arbeitstag, die Opposition tat mal wieder, als ob sie alles besser wüsste, diese Straßenpenner, meine Freundin muss sich entspannen, und ich leiste ihr dabei Gesellschaft. Sehr gerne doch. Sie liest ein gutes Buch, ich sitze daneben und stelle ihr Fragen, worüber sie sich ärgert, aber ich meine, wozu ist man denn zusammen? Ich benötige schließlich auch eine Muse, die mich küsst. Ohne küssende Muse ist ein Schriftsteller komplett aufgeschmissen, warum kann das denn keiner verstehen?! Dieses absolute Unverständnis nahezu der gesamten Gesellschaft uns Schriftstellern gegenüber, von der Bundeskanzlerin bis hinunter zum gemeinen Pöbel, das erschüttert mich immer wieder und lässt mich bis circa 23.30 Uhr in eine tiefe Depression versinken. Gehört dazu, zum Literatenleben, will nur niemand wahrhaben. Uns bleibt doch lediglich die Wahl zwischen Erschießen, Erhängen, in Säure auflösen oder Schlaftabletten. Gas hab ich keinen Bock drauf als Intellektueller, als deutscher Intellektueller, da habe ich einfach keinen Bock drauf.

Sobald die Frau in die Kneipe gegangen ist, begibt sich der Schriftsteller in meiner Gestalt zu Bett. Schließlich ist morgen erneut ein harter Arbeitstag, der Körper braucht seinen Schlaf. Nur in einem ausgeruhten Körper wohnt ein ausgeruhter Geist. Friedrich Nietzsche? Fidel Castro? Bastian Schweinsteiger? Bevor mir das zweite Auge zufällt, fällt mir bereits das erste Auge zu. Ich lasse es geschehen.

Wie schon die Alten sungen

»Alles neu macht der März« heißt es ja in einem alten deutschen Volkslied, und natürlich hat es recht, das alte deutsche Volkslied. Wahrheiten ungeschminkt, dafür sind sie ja bekannt, die alten deutschen Volkslieder. Man denke nur an »Sieh, der Wind treibt Regen übers Land« oder »Sitz ich beim Kutscher vorn« oder auch »Wenn Weihnachten ist, wenn Weihnachten ist, dann kommt zu uns der Heilige Christ«.

»Alles neu macht der März«. Zum Beispiel meinen Ausweis und meinen Reisepass. Die waren nämlich beide seit einem halben Jahr bereits abgelaufen. Ich hab die ganze Zeit gedacht: *Huch! Hoffentlich gerate ich nicht in eine routinemäßige Polizeikontrolle, wegen Kellerdiebstählen oder Kinderpornographie, und dann sehen die Ordnungshüter, dass mein Ausweis abgelaufen ist, und lassen mich nicht nach Hause, sondern sperren mich ein, in ein Hochsicherheitsgefängnis im Hunsrück.*

Warum im Hunsrück? Nun, weil ich mir vorstellen kann, dass es im Hunsrück die meisten Hochsicherheitsgefängnisse gibt. Klingt einfach so: Hunsrück. Das klingt, als ob dort der Hund verrückt wird, in der Pfanne, und wenn schon der Hund verrückt wird, warum sollten sich dann Menschen ansiedeln, freiwillig? Und wenn es keine freiwillig angesiedelten Menschen gibt, dann ist es doch der perfekte Standort für Hochsicherheitsgefängnisse. *Man muss mitdenken können,* dachte ich, und dann dachte ich noch, dass ich nie im Hunsrück gewesen bin und es vielleicht ja auch ganz schön ist dort, aber das sagte ich den Polizisten natürlich nicht, weil, es hätte ja gegen mich verwendet werden können, und außerdem waren ja gar keine Polizisten anwesend, denn ich bin ja in überhaupt keine routinemäßige Polizeikontrolle geraten, weil ja immer mehr gespart wird bei der Polizei, man sieht ja nirgendwo mehr Polizisten auf der Straße, die sind ja alle in ihren Büros und kochen Kaffee, wegen der vielen Demonstrationen, aber der einfache Bürger soll sehen, wie er alleine zurechtkommt. Vielen Dank! Hier, wenn dir jemand die Handtasche raubt, ja, dann kannst du so laut um Hilfe schreien, wie du willst, da kommt niemand, oder höchstens um dir eine saftige Ordnungsstrafe aufzubrummen, wegen ruhestörenden Lärms. Kein Wunder, wenn die Leute demonstrieren. Ach, ein Teufelskreis.

Dachte ich also: *Neuer März, neues Glück,* und versuchte einen Termin zu bekommen, beim Berliner Bürgeramt. *Wer nicht weiß, was das Berliner Bürgeramt ist, bitte im Internet informieren.* Das nämlich habe ich auch getan, und da stand, dass es für die nächsten beiden Monate, also März und April, keinen einzigen freien Termin in keinem einzigen Berliner Bürgeramt gäbe, und es gibt ungefähr 60 Bürgerämter in Berlin. *Wer wissen will, wie viele es genau sind, bitte im Internet informieren.*

Habe ich erst gedacht: *Mein Schwanz pfeift, das ist ja ein regelrechter Skandal!*, dann aber doch einen Termin bekommen, sogar am selbigen Tage, weil ich nämlich höchstpersönlich hingegangen bin und einen Kuchen mitbrachte, einen selbst gebackenen Kuchen, der hat geduftet, oh, là, là, unten ein bisschen angebrannt, aber sonst: tipptopp! Streuselkuchen, die haben vielleicht gestaunt im Bürgeramt, die haben sich richtiggehend gefreut. In der Mitte des Kuchens hatte ich, als pfiffiges Element, so 'ne Pyramide aus Geldscheinen errichtet, meine Spezialität, na, und plötzlich waren sogar drei Termine frei.

13.36 Uhr. Ich hab den um 13.36 Uhr genommen, denn es war zufällig gerade 13.36 Uhr. »Ein Termin, juchhu!«, habe ich gerufen und die anderen Wartenden, die haben böse geguckt, klar, die haben sich wahrscheinlich geärgert, dass sie nicht selbst auf die Idee gekommen sind, mit dem Kuchen. Aber jedenfalls bin ich da in das Büro, und dann wollten die Fotos von mir, für den Ausweis, und ich kann doch aber keine Fotos von mir machen lassen, weil ich doch eine Fotoallergie habe, genau wie Peter Licht, Peter Licht und ich, wir haben beide eine Fotoallergie. *Kann man sich im Internet informieren, gibt's*. Und das habe ich denen auch gesagt und noch mal auf den Kuchen verwiesen, und deshalb kriege ich jetzt Dokumente, in denen statt eines Fotos … habe mich da als Strichmännchen gemalt. Sieht mir nicht unbedingt ähnlich, weil mit Kuli und Mondgesicht, ist eben Kunst, da sieht nicht immer alles haargenauso aus wie in der Wirklichkeit. Immerhin, blaue Augen, stimmt sogar.

Zum Schluss sollte ich noch mal gucken, ob alle Informationen über mich korrekt seien. Waren sie, waren sie. Nur bei »Besondere Kennzeichen«, da hatten sie was vergessen. Meine überdurchschnittliche Intelligenz. Hab ich aber für mich behalten, müssen schließlich nicht alles wissen.

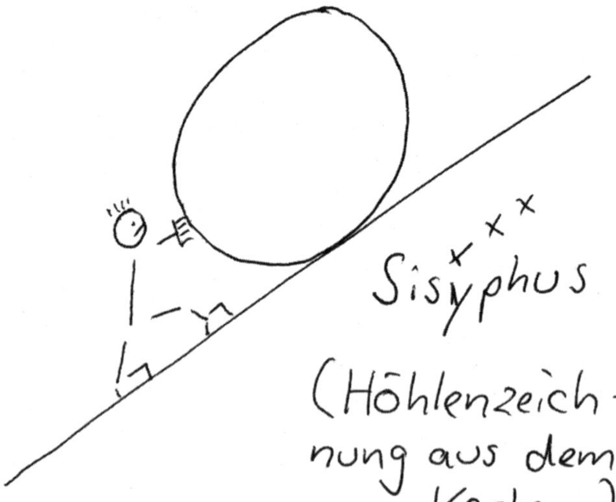

Von Tieren und Menschen

Der Mann, der mit geöffnetem Mantel die Schönhauser Allee hinaufstürmt, zieht grimmig seine beiden Rollkoffer hinter sich her. Aus irgendeinem Grunde ist er sauer. Stinksauer! Vielleicht hat ein Geschäft nicht hingehaun, irgendein Partner ist in letzter Sekunde abgesprungen, und dann sind auch noch die Kurse an der Börse …? Was weiß ich. Auf jeden Fall scheint seine Laune nicht die allerbeste. Er schnaubt. Seine Gesichtszüge gleichen denen eines Boxers. Denen eines Boxerarsches. Eines alten Boxerarsches. Also eines Hundes, nicht eines Sportlers. Da sieht man ja meist die Ärsche nicht, bei diesen Faustkämpfern, weil sie im Ring Hosen tragen, kurze Hosen. Obenrum frei, oben ohne, aber unten mit. Das ist bei Hunden ja anders. FKK. Freie Körperkultur. Oder Freie Körpernatur müsste man im Prinzip sagen, denn Kultur? Hunde haben doch keine Kultur, oder? Oder sind Hunde etwa Kultur, weil sie von uns Menschen gezüchtet worden sind?

Der Mann schwitzt. Das Handy in seiner Manteltasche summt. Summt vor sich hin. Wie eine schwangere Kakerlake. Okay, ehrlich gesagt weiß ich nicht, ob eine schwangere Kakerlake so energisch summt. Vielleicht würde sie dieses kräftige Summen viel zu sehr anstrengen, und Schwangere sollen sich ja nicht so anstrengen. Sie tun es oft, doch, doch, das habe ich bereits erlebt. Wahrscheinlich um anzugeben. Schwangere sind ja oft Angeberinnen. »Guck mal, mein Bauch, der ist viel dicker als dein Bauch.« Das hört man ja häufig, ist aber auch normal. Hormone. Die spielen da verrückt, die Hormone, bei Schwangeren. Ich habe vor einiger Zeit mal etwas darüber gelesen, in einer Illustrierten, beim

Zahnarzt. Das ist, weil die so belastet sind, die Schwangeren, deshalb schüttet der Körper da Hormone aus, Euphrodisiakum, die euphorisieren die Frauen und lassen sie dadurch den ganzen Scheiß ertragen. Aber, wie gesagt, Nebenwirkungen, unerträgliche Angeberei, manchmal. Ich hab mal, früher, mit einer Schwangeren im selben Hausaufgang gewohnt, mehrere Jahre lang, da konnte man, selbst wenn man die Tür, die Wohnungstür, zugemacht hat, dann hat sie immer noch weiter, durch das Schlüsselloch durch, einen angebrüllt: »Ich hab ein schönes Auto und ein schönes Schloss, ein Märchenschloss, und einen Prinzen hab ich und einen Kühlschrank, da passt mehr Bier rein als in deinen Kühlschrank!« Dabei dürfen Schwangere gar kein Bier trinken, also sie sollten es wenigstens nicht trinken, weil Alkohol dem ungeborenen Kinde nämlich schadet, das stand da auch drin, in der Illustrierten.

Aber, ich glaube, Kakerlaken können gar nicht schwanger werden. Die legen Eier, glaube ich. 100 Millionen Eier! Eine einzige befruchtete Kakerlake legt 100 Millionen Eier! Am Tag! Und aus jedem dieser Eier schlüpfen bis zu 50 Kakerlakenbabys! Überleben natürlich nicht alle, sonst, das wäre ja ein Gewimmel hier. Nein, die meisten werden bereits vor dem Erreichen ihres ersten Lebensjahres gefressen, von natürlichen Feinden. Kohlmeisen, Hamster, Füchse, Frettchen, selbst die aus Amerika eingewanderten Waschbären ernähren sich zu einem beträchtlichen Teil vom Nachwuchs des possierlichen Käfers.

Der Mann geht nicht ran. Vielleicht ist es seine Frau? Aus Amerika? Der Waschbär ist krank? Oder das Kind? Er lässt das Telefon summen, bis es schließlich verstummt. Arschloch! Also, wenn ich die Frau wäre, dann würde ich sofort meine sieben Koffer packen und nach Kalifornien ziehen, zu Kevin, der sie nämlich immer noch liebt und mittlerweile ein erfolgreicher Schauspieler geworden ist, im B-Movie-Segment. Bei dem ließe es sich aushalten. Pool und Hängematratze und einen Flachbildschirm hat er auch an der Wand zu kleben. Klar, ist ja Schauspieler. Dem müsste man bloß noch weismachen, dass das Kind von ihm ist. Ach, stimmt, ist es ja auch, sie kommt da immer ganz durcheinander.

Der Mann ist nun am S-Bahnhof Schönhauser Allee angekommen, wo die eine Fahrbahn wegsoll, damit schlecht gelaunte Geschäftsleute besser mit ihren Rollkoffern durchrattern können. Er guckt sich um. Hatte er nicht bis vor Kurzem noch zwei dieser Rollkoffer hinter sich hergezogen? Jetzt hält er lediglich die Griffe in seiner Hand. Taschendiebe. Da waren wohl Taschendiebe am Werk. Geschickte Taschendiebe. Haben ihm im Laufen die Rollkoffer vom Griff gesägt. Chapeau! Die verstehen ihr Handwerk. Aber ist ja versichert, bei der Barmer, American-Barmer. Sogar der Waschbär ist mit versichert.

Der Mann steckt sich eine Zigarette an. Sieht hier ja niemand, also niemand, der ihn kennt. Er kauft am Kiosk einen Strauß Blumen, mit Kreditkarte, für seine Frau, welche zur selben Zeit am Highway 61 steht, das Kind an der Hand, und den Daumen raushält. Bis Kalifornien sind es satte 800 Kilometer. Fürsorglich hat sie den Waschbären zuvor an einer Parkbank festgebunden, auf dem Rastplatz. Ein Auto hält. Ein Auto fährt. Ein Kind winkt.

Ein Kakerlak trottet in sicherer Entfernung an der Parkbank vorbei, zwei Rollkoffer hinter sich herziehend. Er sieht müde aus.

Letzten Endes geht's doch immer auch um Fußball

Alle möglichen kleinen Fliegen schwirren durch mein Zimmer. Scheinbar verwest gerade was in der einen Ecke, oder es kommt Gewitter. Ich hab auch so Stiche an meinen Füßen, sogar da, wo Hornhaut ist. Aber Fliegen können ja nicht stechen, oder? Stechfliegen? Es gibt Stechfliegen. Oder sagt man das nur so? Ist das ein Mythos, ein Volksglauben? Bremsen gibt es, das weiß ich. Aber die sind nicht so klein, die sind mindestens zehnmal so groß. Mindestens!

Fliegen mir dauernd vor der Latichte rum, die winzigen Biester. Im Prinzip wie Fruchtfliegen, aber ich bin doch keine Frucht. Oder doch? Eine Leibesfrucht? Meiner Mutter? Die hat vorhin angerufen. Wollt sich nur kurz mal melden. Ich bin nicht rangegangen. Hab zu tun. Muss was unternehmen gegen diese Fliegenplage. Mal durchwischen vielleicht. Obwohl, bei Feuchtigkeit? Die vermehren sich doch bei Feuchtigkeit, oder? Stand das nicht mal in der GEO? Könnte höchstens Insektengift ins Wischwasser mischen. Aber das müsste ich erst kaufen. Wir haben nämlich bei uns in der Wohnung kein Insektengift vorrätig, weil meine Freundin meint, das sei nicht gut, das schade der Umwelt. Na, vielleicht geht auch Kloreiniger oder Abflussfrei, »das macht den Abfluss frei«. Das ätzt ungeheuer. Das ätzt bestimmt auch die Fliegen weg und ist gar nicht schädlich für die Umwelt, weil da nur Zitronensaft drin ist, aus frisch gepressten Zitronen. Lecker. Ist auch ganz schön warm. Man könnte sich einen Drink genehmigen. Eiswürfel in ein Glas, paar Blättchen Pfefferminze hinein und einen ordentlichen Schuss Abflussfrei. Dann könnte man ja sehen, ob die Fliegen das mögen.

Vor dem Haus lärmen Bauarbeiter. Die haben es gut. Die haben immer was zu tun. »Stein auf Stein, Stein auf Stein, das Häuschen wird bald fertig sein.« Und ist das Häuschen fertig, wird daneben ein weiteres gebaut und dann noch eins, in Marzahn. Und dann muss das erste bereits wieder repariert werden, weil die Materialien nichts mehr taugen, heutzutage. Das zerfällt doch sofort wieder alles. Direkt nachdem das Häuschen fertig ist, beginnt bereits dessen Zerfallsprozess. Weil das alles Billigbausteine sind, aus China. Die halten nichts aus. Die Luft ist auch viel ätzender als früher. Früher hat so ein Haus ja 100 Jahre gestanden. Mindestens! Und dann war das lediglich ein bisschen schmutzig vielleicht. Dann ist man da mit dem Schwamm drüber, und dann war das wieder sauber. Die meisten Häuser sind ja im Krieg kaputtgegangen, aber heute braucht man keine Kriege mehr, die Häuser gehen auch so kaputt. Dabei raucht kaum noch jemand. Trotzdem ist die Luft ätzend. Unsichtbare Ätze ist da drin, in der Luft. Wissenschaftler haben festgestellt, dass ein durchschnittlicher Mann heute, ein durchschnittlicher 40-jähriger Mann, der hat heute den Testosteronwert eines durchschnittlichen 70-jährigen Mannes von vor 30 Jahren. Das liegt aber nicht an der Luft, das liegt am hohen Östrogengehalt im Trinkwasser. An der Pille liegt das, also vermuten die Wissenschaftler. Manche vermuten das. Weil die Frauen solche Pillen nehmen, damit sie keine Babys mehr kriegen, und wahrscheinlich werden sie bald auch wirklich keine Babys mehr kriegen, weil kein Mann mehr seinen Samen in sie hineinspritzt, weil die Männer alle Frauen geworden sind oder jedenfalls keinen mehr hochkriegen, weil ihr Testosteronwert unter eine Schwelle gerutscht ist, wo man noch einen hochkriegen kann. Dann geht sicher auch die Gewaltkriminalität zurück, im Fußball, in der Fußballfan-Szene, bei den Hooligans. Dann müssen die übertragenden Fernsehanstalten sich bei ihren Zuschauern nicht ständig entschuldigen dafür, dass diese keine Bilder von den Schlägereien zu sehen bekommen, weil ARD und ZDF derartigen Ausschreitungen keine Plattform bieten wollen.

Hilft mir bei meinem Fliegen-Problem jetzt nicht wirklich weiter, aber schön, dass man mal drüber nachgedacht hat.

Im Volksmund

Jedes Mal vergesse ich, wie mein Zahnarzt mit Nachnamen heißt. Nennt er sich nun Dr. Schwarz oder Dr. Schneider? Das eine ist die Frau, das andere der Mann, aber ich weiß immer nicht: Wer ist wer? Die sind ja beide verheiratet und betreiben eine gemeinsame Praxis, jedoch, wahrscheinlich um Verwirrung zu stiften, behielten sie ihre Familiennamen nach der Hochzeit bei. Ziemlich gemein, finde ich, aber sie sind nun mal gute Zahnärzte, und ich gehe gerne zu ihnen. Nun ja, gerne? Ich gehe zu ihnen, das will bei mir schon was heißen. Ich habe ja Zahnfleisch, was gerne mal blutet und noch gerner zurückgeht und das darf es aber nicht, weil, wenn es ganz zurückgehen würde, das sieht ja nicht aus, da komme ich ja nicht mehr ins Fernsehen oder muss eine Maske aufsetzen, wie dieser Panda-Rapper, von dem ich den Namen ebenfalls vergessen habe. Schneider war es nicht. Müller vielleicht? Oder Meier? Schulze? Lehmann?

Die meisten Namen haben ja was mit Berufen zu tun. Oder mit Farben. Schwarz, Weiß, Braun, Roth. Grün gibt's auch. Gelb selten. Aber Blau heißt meines Wissens niemand. Vielleicht weil es keine blaue Hautfarbe gibt? Okay, es gibt auch keine grüne Hautfarbe, aber grün kann man werden, vor Neid, zumindest im Volksmund.

Mein Zahnarzt redet gerne mit mir, während der Behandlung. Ich unterziehe mich nämlich gerade einer Behandlung, einer Parodontosebehandlung, da wird der Zahnstein unter den Zahnfleischtaschen entfernt. Das ist ziemlich angenehm, wenn man Schmerzen mag. Das blutet doll. Aber eine Spritze bekomme ich nicht, denn eine Spritze, die will ich gar nicht, sagt wenigstens mein Zahnarzt. Ich kann meist nichts erwidern, weil er mit seinen Instrumenten in meinem offenen Mund herumfuhrwerkt, und mit offenem Mund artikuliert es sich schlecht. Aber ich vertraue ihm. Wenn er sagt, dass ich keine Spritze will, dann wird das schon stimmen. Warum sollte er mich belügen?

Früher hatte ich immer sehr schlechte Zahnärzte. Die einen wollten mein Geld, die anderen konnten nichts. Ich hatte mal eine Zahnärztin, die dreimal hintereinander eine Wurzelkanalbehandlung durchführte und dreimal hintereinander den falschen Wurzelkanal erwischte. Dann endlich wollte sie den Zahn ziehen, dabei ist er ihr aber zerbrochen, und sie hat die Wurzel nicht mehr herausbekommen, stand traurig da, in ihrem Kittel, völlig voller Blut, und ich schreibe mit Absicht »völlig voller«, weil nur die Dopplung »völlig voller« jene charmante Würze des Bildes in ihrer gesamten Ekelhaftigkeit auszudrücken vermag. Den Zahnarzt, den sie anschließend unter Tränen mittels Telekinese oder Telefon, so genau weiß ich das nicht mehr, herbeirief, der jedenfalls schlug die Hände über seinem Kopf zusammen und verabreichte mir erst mal eine Spritze, obwohl ich bereits vorher vier Spritzen bekommen hatte, aber wohl falsch gesetzt alle, sodass ich zwar in meinen Beinen nichts mehr fühlte, ansonsten aber sehr wohl.

Na ja. Letzten Endes bin ich selber schuld. Ich putze mir nämlich nie die Zähne. Hab ich einfach keine Lust zu. Langweilig. Zähne putzen ist langweilig. Ätzend langweilig! Immer dasselbe. Jeden Morgen dasselbe. Manche putzen sich ja sogar abends die Zähne. Jeden Morgen und jeden Abend. Von oben nach unten. Vom Zahnfleisch zu den Zähnen. Von rot nach weiß. Ich sag mal, ich habe ja nur dieses eine Leben. Soll ich etwa, wenn ich am Ende meines Seins resümierend im Bett liege, soll ich mir dann etwa sagen: »Ahne, du kannst wirklich zufrieden sein. Du hast zwar keine Abenteuer erlebt, aber Zähne geputzt. Jeden Morgen, jeden Abend. Von oben nach unten. Volle drei Minuten. Du hast mit dem Seiflappen für obenrum dich obenrum gewaschen und mit dem Seiflappen für untenrum dich untenrum gewaschen, niemals umgekehrt! Deine Kinder könnten stolz auf dich sein, so du denn welche hättest.«?

In der DDR, als Zahnärzte noch mit Hammer, Zirkel und Ährenkranz operierten, habe ich ja mal überlegt, mir sämtliche Zähne ziehen zu lassen, um ein künstliches Gebiss eingesetzt zu bekommen. Ich dachte, dann gäbe es keine Probleme mehr. Wie man heute weiß, eine Utopie, vergleichbar der des Kommunismus, aber der Ostzahnarzt ließ sich sowieso nicht darauf ein. Stasi vielleicht, oder er wollte Westgeld.

Heute dagegen bin ich froh, meine Zähne noch zu besitzen, würde stattdessen lieber das Zahnfleisch wechseln, doch auch das geht nicht, sagt zumindest Dr. Schwarz oder Dr. Schneider, je nachdem.

So schlumm war der Osten:

F.K.K. (Insel Poel)

Zwiegespräche mit Gott – heute: Klug werden

A: Na Gott.
G: Na.
A: Na, schon Rüben jesteckt, Gott?
G: Du etwa?
A: Wir ham 47 Pflanztöppchen bei uns zwüschen de Fensta, Gott, mit Rote Bete, Kürbis, Tomaten undsoweita.
G: Wennick weeß, dittick morgen sterbe, pflanzick heut schnell noch 'n Apfilbäumchen, wa?
A: Ick sterb nich morgen, Gott. Mir jehts supa. Ooch wennick in Fürstenwalde, an' Bahnhof, mir voll uff de Fresse jepackt hab. Knie uffjeschrammt. Und jetz heilt dit ürgendwie nich zu, eitat volle Pulle.
G: Ja, is so, in' Alta reicht bereits 'ne kleene Wunde, um dir wochenlang ans Bett zu fessiln.
A: Achtick nich weita druff, Gott. Da lachick doch drüba, üba so 'ne Wunde, ha ha! Obwohl dit schon wehtut wie Hölle. Dit nässt ja ooch, weeßte? Und denn klebt dit da imma fest, an' Hosenbeen, und wemman sich bewegt, nur een Schritt tut, denn reißt dit wieda uff, aua aua! Aba macht mir nüscht aus, Gott, ick feia jeden Tach. Is ja ooch Frühling, dit Kraut sprießt, die Säfte fließen, holla, ick jenieß dit Leben.
G: Selich sind die geistich Ahmen.
A: Wat?
G: Nüscht. Hab nur laut jedacht.
A: Neulich habick 'ne Frau jetroffen, Gott, die hat mir azählt, dit se mir bis heute nich so richtich leiden kann, weilick se 1996 ma, bei einen Konzert, in' ›Eima‹, bein Pogotanzen, anjerempilt hab.

G: Wat haste denn in Fürstenwalde jemacht?

A: … Dit wah nich in Fürstenwalde, Gott.

G: Ick denk, du wahst in Fürstenwalde jewesen?

A: Aba nich '96.

G: Aba jetze. Wo de dir dit Knie zastört hast.

A: Ick hab dir grad von einen Konzert in' ›Eima‹ azählt, Gott, woick 'ne Frau anjerempilt hab.

G: Hmm. Aba mir intrissiert, watte in Fürstenwalde jemacht hast.

A: Ej, die Frau schleppt dit seit zehn Jahre mit sich rum, Gott, und ick ainna mir nich mas, übahaupt jemand anjerempilt zu ham.

G: Bein Pogo?

A: Ja. Also, kommt vor, jehört dazu, aba an die Begebenheit meinick, da kannick mir nich ainnan.

G: Und wat haste in Fürstenwalde jemacht?

A: Da wahick in Wald, Gott. Da habick den Wald umjegraben.

G: Du hast den Wald umjegraben?

A: Ick such doch imma nach Munitjon, Gott, außin Zweeten Weltkrieg, weeßte? Waffen ooch und Knochen. Ej, wat meinste, Gott, wat man da allit findit, rings um Berlin, in den Wäldan.

G: Du suchst … Munitjon?!

A: Gloobste nich, Gott, aba ville is ja übahaupt nich explodiert, in' Zweeten Weltkrieg. Ick gloob, zwee Drittil oda so, von die Fliegabomben, ja, oda soja drei Drittil …

G: Drei Drittil?!

A: Na, drei Drittil villeicht nich, denn wär ja janüscht explodiert. Dit wär lustich, oda? Wenn so'n Krieg wär und janüscht würde explodiern, weil alle Waffen Ausschuss sind? Dit wär voll der lustije Krieg, Gott.

G: Und wat machste mit die Sachen, die de da findist?

A: Mit die Munitjon? Na, legick zu Hause ins Regal. Wir ham doch in Wohnzimma 'n Regal, Gott, und da legick die Munitjon imma rin. Sieht schön aus, findick. Andire ham villeicht Gipsfigürchen oda Matroschkas in ihre Regale, aba Gipsfigürchen, stehick nich so druff.

G: Und wenn da jetze wat explodiert? Is doch voll jefährlich!

A: Ja. Man kann aba ooch inne Badewanne atrinken, Gott, oda aschlagen wern, von einen Eisklumpen, von die Flugzeugtoletten. Tschüss Gott.

G: Tschüss du.

A: Ach, Gott?

G: Ja?

A: In Würkichkeit warick natühlich in Fürstenwalde um Skeetbordfahn zu lern.

G: Ohne Knieschützа?

A: Aus Schaden würd man klug.

G: Meinste?

A: Ja, meinick, villeicht.

Vorläufiges Testament
(mit einer Bitte um Entschuldigung)

Es ist nicht so einfach, in diesen Zeiten der Unsicherheit. Terror. Man weiß nicht, von wo er kommt. Ist der Mann dort drüben echt? Oder sieht er nur so aus? Ich meine, er ist blond und blauäugig und trägt keine Burka. Doch man weiß ja, dass viele der Attentäter Konvertiten waren, sind, sein könnten. Und die gelten als besonders gefährlich, weil sie ganz besonders schnell radikalisiert wurden. Am besten keinem von ihnen direkt in die Augen gucken. Am besten so tun, als sei man vollkommen arglos, vollkommen unbeschwert. Ein Liedchen pfeifen, vielleicht. Ich bin noch nie während des Pfeifens eines Liedchens in die Luft gesprengt worden. Gut, ich bin auch sonst noch nie in die Luft gesprengt worden, nur einmal angerempelt. Aber das war auch kein Terrorist, das war beim Pogotanzen gewesen, da war ich noch jung.

Nehm ich den Bus oder die S-Bahn? Busse sind in London schon mal attackiert worden und Vorortzüge in Madrid. In Madrid gab es mehr Opfer. Also Bus. Die Fahrpreise haben sie schon wieder angehoben. Im Schatten des Terrors scheinen sie zu denken, dass das keiner merken tut. 2,70 Euro, Alter! Von hier bis zum Flughafen. Das ist ja fast ein Flug nach Mallorca. Frechheit! Ich fliege nicht nach Mallorca, ich fliege nach Zürich. Arbeiten. Bin ein Wirtschaftsflüchtling. Also Flüchtling, na, nicht direkt. Ist ja lediglich für einen Tag. Ich soll 'ne Waschmaschine reparieren, für gutes Geld. In der Schweiz verdient man ja gutes Geld. Harte Franken, harte Schweizer Franken. Übers Internet, ich habe den Job übers Internet gekriegt. Aber jetzt gehen schon wieder 2,70 Euro ab. Und dann noch der Flug. Noch mal 2,40 Euro. Macht summa summarum 5,10 Euro. Zum Glück kann man in der Schweiz alles zu Fuß erreichen. Ist nicht so ein großes Land, die Schweiz.

Was die Frau wohl in ihrem Rollkoffer mit sich führt? Sie lächelt. Gibt sich Mühe, freundlich zu erscheinen. Redlich, redlich. Wenn sie drunter Schwarz trägt, könnte sie eine schwarze Witwe sein. Aber sie wird mir unter Garantie nicht die Wahrheit sagen, wenn ich sie frage, ob ihr Gemahl noch lebt. Außerdem weiß ich ja nicht, ob sie ihren Anschlag hier verüben will. Der Bus ist nicht mal richtig voll. Vielleicht will sie ja auf den Fernsehturm. Das allerdings wäre dann die komplett falsche Richtung. »Junge Frau, Sie fahren in die komplett falsche Richtung.« Der arme Fernsehturm. Aber gut, ich war wenigstens schon mal oben. Es gibt ja viele Berliner, die noch nie in ihrem Leben auf dem Fernsehturm gewesen sind. Prozentual zum Beispiel waren wesentlich mehr Dessauer oben auf dem Berliner Fernsehturm als Berliner. Das ist leider so. Tja, zu spät.

Also, noch nicht ganz, natürlich. Ist ja lediglich eine Vermutung. Bewiesen ist noch gar nichts, das will ich hier ausdrücklich betonen. Im Zweifel gilt immer die Unschuldsvermutung. Wir sind immer noch ein Rechtsstaat, selbst wenn Xavier Naidoo das anders sieht.

In der Schule haben wir gelernt, dass man bei einem Atombombenangriff am besten unter einen Tisch krabbelt. Und dann eine Zeitung über den Kopf und nicht zum Lichtblitz hingucken. Der französische Innenminister hat ja gesagt, es sei mit biologischen oder chemischen Terrorattacken zu rechnen. Von Atomwaffen hat er nichts gesagt. So eine Zeitung hilft bestimmt nicht gegen Pestbakterien. Vielleicht eine Plastetüte über den Kopf stülpen? Das soll ja auch sexuell irgendwie ganz lustig sein. Hab mich das bisher nicht getraut, weil ich dachte, ich krieg dann keine Luft mehr. Na, alles Gute ist eben nie beisammen.

Warum es noch keinen Vollschutz gibt, gegen Sprengwaffen? Das wäre doch der Knaller! So ein Mantel aus Beton und Stahl, ein Ganzkörperstahlbetonmantel, mit Luftrohr zum Atmen und so einer Gummihülle außen. Dann würde einen die Druckwelle vielleicht wegschleudern, aber durch das Gummi hüpfte man bloß wie ein Ball durch die Gegend und bliebe völlig unverletzt. Sicher, ist anstrengend, in einem Stahlbetonmantel sich fortzubewegen, das stimmt. Das Leben würde etwas langsamer vonstattengehen müssen. Aber wenn alle mitmachen, könnte man, den konventionellen Terroristen zumindest, eine lange Nase zeigen.

Gerade sagen sie durch, dass jemand seinen schwarz-grünen Koffer hat stehen lassen. Er solle sich schnellstmöglichst vor Gate A6 einfinden. Gate A6, das ist doch das Gate, wo ich gerade sitze und auf meinen Flug nach Zürich warte. Oje.

Falls dieser Text überleben sollte, die Schallplatten bekommt mein Sohn, die Bücher meine Tochter und den Mietvertrag meine Freundin. Scheiße, hab vergessen, die Küche aufzuräumen. Tschuldigung.

Zwiegespräche mit Gott – heute: Metavergleich

A: Na Gott.

G: Na.

A: Na, hättste dir dit einklich jefalln lassen, Gott, wenn se dir damals uff de Arche, wa, wenn se dir da uff hohe See, wenn se da deine Tiere, sag'n wa ma, jerettit hätten, also umjeladen, uffin andrit Boot und wenn se dir denn deine Arche kaputt jemacht hätten, also danach denn, hättste dir dit jefalln lassen, Gott?

G: Dit wah nich meine Arche, dit wah Noahs Arche.

A: Ja. Aba hättste dir dit jefallen lassen?

G: Wer hätte denn die Tiere bitte uff sein Boot umladen sollen?

A: Nur ma anjenomm, Gott.

G: Dit kamman nich vagleichen.

A: Wat kamman nich vagleichen?

G: Dit, woruff du anspielst.

A: Ick find dit ürgendwie voll kindamäßich, Gott, dit man die Schleppaboote von die Flüchtlinge in Mittilmeerraum, dit man die da vasenkt. Denn solln se lieba glei 'ne Maua arichten, rings um dit rum, wat se Europa nenn.

G: Mauan jenießen zurzeit 'n sehr schlechten Ruf in unsre Jegend.

A: Könns ja andas nenn, »Schutzwand«, zun Beispiel.

G: Klingt zu sehr nach »Schutzwall«, is ooch übil beleumundit.

A: »Steinana Deich«, Gott?

G: Dit macht doch übahaupt keen Sinn. Denn würden sich die Flüchtlinge ehmd Leitan mitbring und rübaklettan.

A: Na, die müssten natühlich bewacht sein, die steinanen Deiche, mit Kontrolltürme, Hundestaffiln, Selbstschussanlagen.

G: Klah. Aba bring dit ma die Turistikuntanehmen bei. Die nörgiln doch glei wieda rum, dit ihnen die Ferjengäste wegbleim, wenn se andauahnd aschossen wern, bein Badenjehn.

A: Opfa muss jeda bringen, Gott. Umsonst is der Tod.

G: Na, in den Falle nich ma. Oda gloobste, die Turistikuntanehmen vazichten uff die Bezahlung ihra Urlaubsplätze in Küstennähe?

A: Woandas issit ooch schön. Man kann ooch ma in' Harz Urlaub machen.

G: Hmm. Freun sich die Luchse.

A: Wir lassen die Wölfe rin, Gott, aba die Menschen müssen draußen bleim.

G: Als oppit da 'n Zusammenhang jeben würde.

A: Nur als Bild, als Metaffa.

G: 'n schiefit Bild.

A: Rück's grade.

G: Wer Wind sät, würd Sturm ernten.

A: Meinste wejen den Tornado neulich?

G: Windhose.

A: Niedlich, ja.

G: Ick mein, ihr Europäa habt euch früa um jeden Winkil der Erde jeprügilt, allit wolltita besitzen, jedit Kuhkaff, jeden Hügil, jedit stinkende Wassaloch, vonne Mandschurei bis nach Feualand, von Titikacka bis nach Takka-Tukka. Übaall habta euch festjesetzt, eure Fahne jehisst und die Leute mit euan Müll bombadiert.

A: Du meinst mit Demokratie, Gott und den Menschenrechten?

G: Zunäst ma mit Branntwein, Glasperln, Hokuspokus und Feuawaffen. Späta denn mit Plastetüten, Fleischabfälle und Händischrott. Ihr habt wie die Wahnsinnijen Grenzen jezogen, Völka jegennanda uffjehetzt und ihnen die Lebensgrundlagen jeraubt. Und jetze, wo allit außin Ruda läuft, fühlta euch übafordat, zieht euch zurück ins Schneckenhaus Europa und vasucht euch da einzumauan. Keene Schongs, Freunde, dit könnta vajessen, da habta die Rechnung ohne den Würt jemacht.

A: Bist du etwa der Würt, Gott?
G: Nur als Bild, als Metaffa.
A: Tschüss Gott.
G: Tschüss du.
A: Ach, Gott?
G: Ja?
A: Warum hat der Luchs einklich so'n kurzen Schwanz?
G: Weil's uff die Länge nich ankommt. Also hattick mir jedenfalls jedacht so. Damals.

‚Von wegen rechts außen'
Mirko wollte es immer
noch nicht wahrhaben,
wo er gelandet war.

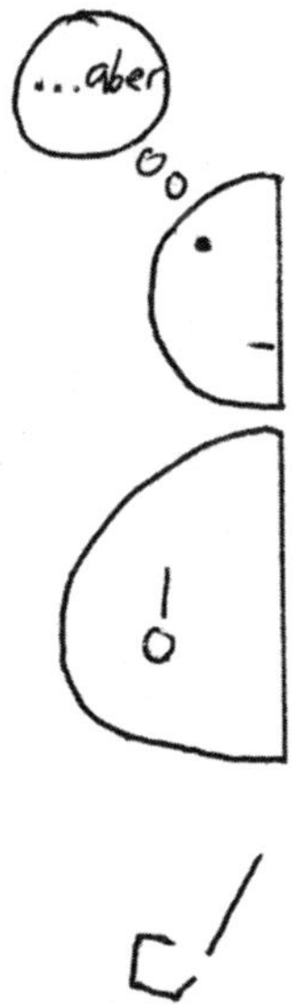

Das Duell

Rockin Rico hatte sich eine Pistole gekauft. Er wollte einen umbringen. Einen, der ihm übel mitgespielt hatte, nämlich Benny. Benny Schirrmacher.

Benny Schirrmacher und Rockin Rico, der sich damals noch Lutz Bredow nannte, waren ja mal in dieselbe Klasse gegangen. Früher, als sie noch zur Schule mussten. Nach der Schule wurde Lutz Bredow, der sich jetzt Rockin Rico nannte, Desperado und Benny Schirrmacher heuerte bei der Staatssicherheit an, als Tippse oder irgendwas Kleines, irgendwas Unbedeutendes. Benny war ja keine große Nummer. Durchschnitt. Benny war Durchschnitt. Na und? Irgendjemand musste ja Durchschnitt sein. Und wer sagt euch eigentlich, dass der Durchschnitt immer eine Vollmeise hat? Eben. Das sagt niemand.

Benny machte also da 'ne Weile rum, bei der Staatssicherheit, kochte Kaffee, half älteren Damen über die Straße, was man eben so macht. Er tat wirklich niemandem etwas zuleide. Wie denn auch? Benny konnte kein Blut sehen. Immer wenn er Blut sah, fiel er direkt um. Dann wurde ihm schwarz vor Augen, also vorher, bevor er umfiel.

Lutz, der sich jetzt Rockin Rico nannte, geriet dagegen auf die schiefe Bahn. Was heißt geriet? Lutz wollte noch nie geregelter Arbeit nachgehen. Er träumte schon immer davon, auf der Veranda einer Westernbar in einem quietschenden Schaukelstuhl hin- und herzukippeln, starr geradeaus guckend, ins Nichts, in die endlose Ferne. *Das wenige, das man für so ein Leben bräuchte, könnte man doch durch Banküberfälle verdienen,* dachte er sich, *oder Postkutschen ausrauben, oder beim Pokerspiel, wenn man mal einen guten Tag erwischte.*

Lutz, alias Rockin Rico, erwischte selten gute Tage. Meist lachte man ihn aus, oder die, mit denen er die Kaufhalle überfallen wollte, kamen einfach nicht zum verabredeten Treffpunkt. *War denn auf niemanden mehr Verlass?*

Benny kaufte sich einen Trabant und fuhr damit manchmal an die Ostsee. Er ließ sich einen Schnauzer stehen, dann kam die Wende. Wie aus heiterem Himmel. Viele wurden arbeitslos, auch Benny. Niemand hatte die Absicht, die Staatssicherheit übernehmen zu wollen, wie so viele andere Betriebe der DDR, dabei war die Staatssicherheit, im Vergleich zu vielen anderen Betrieben der DDR, eigentlich ein ganz gut florierendes Unternehmen gewesen. Schlendrian und Drückebergertum waren hier eher die Ausnahme, vielleicht ja deswegen, vielleicht schimpften ja deswegen alle über sie und zeigten mit dem Finger. An allem sollte die Staatssicherheit schuld gewesen sein, dabei hatte Benny lediglich Kaffee gekocht und älteren Damen über die Straße geholfen. Absurd! Aber nun, es half ja alles nichts. Benny las sich das Grundgesetz durch. Das Grundgesetz der Bundesrepublik Deutschland.

Für Rico war die Wende dagegen das absolut Allergrößte. Freiheit! Endlich Freiheit! Endlich Amerika! Endlose Weite, Veranda mit quietschendem Schaukelstuhl, lässig sein, rauchen. Das wenige, das man für so ein Leben bräuchte … na, ihr wisst schon. Rico brauchte jetzt dringend Kontakte, Kontakte und Kohle. Rico musste an seinem Image arbeiten. War er wirklich hart genug? Auf dem Flohmarkt kaufte er sich für sein Begrüßungsgeld einen Nietengürtel und einen Cowboyhut. Er trank jetzt Whiskey, wegen der Stimme, und wenn ihn jemand ansprach, drehte er sich nur ganz langsam um.

Nach Amerika konnte man nicht zu Fuß gehen, das wusste Rico, um nach Amerika zu kommen benötigte man ein Schiff. Rico jobbte im Spätkauf, er dealte mit Gras; und dann war da mal dieser Typ, der ihm Geld gab, nur damit an seine Adresse Päckchen geschickt werden konnten, die der Typ sich dann abholte.

Benny Schirrmacher kannte das Grundgesetz bald in- und auswendig. Und alle anderen Gesetze auch. Er wusste, er würde seine Chance bekommen. Kein System der Welt konnte auf Leute wie ihn verzichten. Nicht auf Dauer. Menschen, die die Arbeit machten. Die nicht lange fragten. Die anpackten. Sie waren es doch, die das Räderwerk am Laufen hielten. Auf sie war Verlass, auch in kritischen Zeiten. Doch wohin Benny sich auch wandte, immerzu nur Absagen, immerfort nur: »Es tut uns leid, Ihnen mitteilen zu müssen …« Das war hart, manchmal. Das war manchmal nicht gerade einfach.

Rico hatte einen Termin bei der Polizei. Er hasste die Bullen, aber er wollte nach Amerika, und er wollte nicht mehr Lutz heißen. Er wollte endlich Rico heißen. Rockin Rico. So wie in Wirklichkeit. Die Bullen meinten, Rockin ginge sowieso nicht, und Rico müsse man sich kaufen, jeden einzelnen, jeden verdammten, einzelnen Buchstaben müsse man sich kaufen, für teures Geld. Rico schiss auf Lutz und die Bullen und den ganzen Staat, alles dasselbe Pack. Er würde zur Botschaft gehen, zur amerikanischen Botschaft. Er war Amerikaner, in seinem Herzen war er Amerikaner. Er war ein Yankee. Wer, wenn nicht Amerikaner, könnten einen Amerikaner wie ihn verstehen?

Benny ging zum Amt. Er ging öfter zum Amt, als er musste. Benny steckte nicht auf. So viele gaben sich dem Alkohol hin oder zogen die Gardinen nicht mehr zurück. Benny trieb Sport. Benny hielt sich fit. Und dann, eines Tages, da war es so weit. Die Sachbearbeiterin im Jobcenter meinte: »Dies ist Ihre Chance, Herr Schirrmacher.«

Benny wusste, er würde sie nutzen.

Die Botschaft der USA lag wirklich im hintersten Winkel Westberlins versteckt. Mit der S-Bahn zuckelte man gut und gerne 40 Minuten von Weißensee aus bis nach Dahlem. Hin. Und 40 Minuten wieder zurück. Rico war sauer, stinkesauer! Aber nicht nur sauer. Sie hatten ihn nicht einmal hineingelassen. Ihn! Rockin Rico! Den amerikanischsten Amerikaner, den es überhaupt je gegeben hat! Rico war demoralisiert. Er war vollkommen am Ende. Er solle schriftlich »irgendetwas einreichen«, hatten sie gesagt. Er hatte nicht einmal verstanden, was er da einreichen solle.

In Schöneberg bestieg Benny die S-Bahn. S-Bahnhof Schöneberg. Westberlin. *Die neuen Kollegen waren nett, wirklich! Ein paar von ihnen kannte er sogar, von früher. Alles voll nette Leute, auch wenn sie ihm ein wenig zu martialisch auftraten, aber das gehörte wohl dazu. »It's Showtime«, sagte Axel immer, der früher mal Frauen am Start hatte, bis nach der Wende die aus Osteuropa das Revier unter sich aufteilten.* »Mal die Fahrausweise bitte zur Kontrolle.« Benny stutzte. *War das nicht … das war doch der Lutz da, mit dem Hut und dem Nietengürtel.*

Rico erkannte ihn erst, als er direkt neben ihm stand. »Lutz, deinen Fahrausweis, bitte.« *Scheiße, Schirrmacher, der alte Stino,* dachte Rico, *genauso 'ne Flasche wie ich, aber in jeden Arsch kriechend, der sich ihm öffnete. Wie kam ausgerechnet so einer zu den Kontrollettis?*

Natürlich besaß Rico keinen Fahrschein. Er kaufte grundsätzlich keine Fahrscheine. Lutz Bredow kaufte vielleicht Fahrscheine, aber nicht Rockin Rico. Niemals!

Rico schnalzte mit der Zunge und drehte sich ganz langsam zur Seite. »Is irgendwas?«, fragte er betont lässig, sichtlich bemüht, keine Miene zu verziehen. »Deine Fahrkarte, Lutz. Du bist doch Lutz? Lutz Bredow? Ich bin …« Im letzten Moment noch fiel Benny ein, dass er ja seinen Namen nicht nennen durfte, den Ausweis vorzeigen ja, aber niemals im Dienst den Namen nennen, puh, das war gerade noch einmal … »Ich kenne keinen Lutz Bredow«, sagte Rockin Rico in jenem Moment. »Und ich würde Ihnen raten, Land zu gewinnen, Schirrmacher. Sollten sich unsere Wege noch einmal kreuzen, wird deine Mutter weinen müssen, an deinem Grab, so sie die Nachricht von deinem Tod überlebt.«

Augenscheinlich verrückt geworden, dachte Benny Schirrmacher und übergab den Fall seinen Kollegen. Er konnte kein Auge zudrücken, auch nicht für einen alten Klassenkameraden, er war in der Probezeit, und überhaupt, wo kämen wir hin, wenn jeder Ausnahmen machen würde? Der Willkür wären Tür und Tor geöffnet. Nein, Regeln waren Regeln, jeder wusste, worauf er sich einließ, das war schon immer so, daran würde sich nie etwas ändern, und das war auch gut so.

Als die Sirene des Polizeiwagens ertönte, blickte sich Benny Schirrmacher noch einmal um und dachte: *Der war schon immer ein ziemlicher Spinner gewesen, aber so schlimm?*

Rico stand mit der Pistole in der Hand vor der Gustav-Adolf-Straße Nummer 14. Vergeblich versuchte er den Namen Schirrmacher auf dem Klingelschild zu entziffern. Er war nicht mehr da. Kein Zweifel. Rico dachte an Amerika, an die Schulden, an den Typen, der ihm das Geld für die Waffe geliehen hatte, der Päckchen-Typ, das war einer, dem man besser kein Geld schuldig blieb, es sei denn …

Rico richtete den Lauf der Waffe auf seine Schläfe. *Amerika, ich komme.*

So schlimm war der Osten:

Völkerfreundschaft (1979)

Frauengeschichten

In der S-Bahn Richtung Hennigsdorf. Eine Freundin zu ihrer Freundin: »Weißte, meine Mutter will mich doch jetzt mit meinem Cousin zusammenbringen, der ist auch so Kurde. Also, das ist nicht mein richtiger Cousin, das ist so von meiner Mutter der Cousin, von dem der Cousin, von dem der Sohn, nicht dasselbe Fleisch. Der sieht jetzt auch gar nicht mal schlecht aus, ich schwöre, aber der ist voll hängengeblieben, geht gar nicht. Der hat mich so gefragt, ob ich Alkohol trinke. Weißt du, ich! Ich so voll: ›Nee‹, weißte? Vor mir das Wodkaglas. Ich hab doch neulich bei Djamila, da ham wir doch die ganze Badewanne voll Wodka und dann mit Strohhalm und ich irgendwann, hab ich mich da, mit allen Sachen da reingelegt, voll breit. Weißt du, wie ich am nächsten Morgen gestunken habe? Das ging gar nicht.«

Die andere Freundin darauf: »Mann, ist der blöd.«

Pesthauch über der Wüste
Ein Sittengemälde zu Beginn des 21. Jahrhunderts

In einem Leichenwagen fuhren wir nach Ludwigsfelde. Jemand war gestorben und, nein, die Leiche war bereits unter der Erde, wir hatten nur kein anderes Auto, um dahin zu kommen. Und mit dem Zug ging nicht, denn die Fahrkartenautomaten nehmen ja keine 20-Euro-Scheine, und wir hatten alle nur 20-Euro-Scheine, 10-Euro-Scheine waren ausverkauft, und einen Flughafen besitzt Ludwigsfelde nicht, noch nicht, ist noch nicht fertig, vielleicht 2085 oder so? Jedenfalls stellte uns jemand diesen Leichenwagen zur Verfügung, umgespritzt, das Schwarz war einem leuchtenden Rot gewichen, da die Besitzerin Ferrari-Fan ist.

Es war ganz lustig. Hinten lag Doc Schoko auf der Matratze, da wo sonst die Leichen liegen, in ihrem Sarg, da lag jetzt eine Matratze und auf ihr Doc Schoko, der bereits mit den Rolling Stones auf Tour gewesen und mit AC/DC und Madonna. Er ist Rockmusiker und hat kein Geld und keine Wohnung, weil ja niemand mehr Tonträger kauft, alle laden sich illegal nur ..., es ist eine Schande für dieses Land und im Allgemeinen, die Welt, und alle gucken zu und hören illegal Musik und machen Zeichen mit ihren Fingern und lachen, während am Straßenrand bekannte Musiker um Almosen betteln. Ein Kind wirft einen Knopf in den Hut. Ha ha! Hosenknopf. Witzig. So ist der Kapitalismus. Endlich kann er wieder ganz unverfälscht seine hässliche Fratze zur Schau stellen.

Aber wir waren gut drauf. Klar wie Kloßmehl! Soeben war dieser Asteroid haarscharf an der Erde vorbeigesemmelt.

18.000 Kilometer oder 18 Millionen Kilometer, dreimal so viel wie Erde–Mond, die Länge. Das klingt nach einer gewaltigen Entfernung, aber, wenn man bedenkt, dass das Weltall unendlich ist, dann war das lediglich ein Katzensprung, ein Hahnenpups, ein hauchdünner, seidener Faden, an dem wir alle gehangen und der zum Glück, zu unserem großen Glück, nicht gerissen ist. Wir sind der Apokalypse gerade noch einmal so entronnen. Eine zweite Chance, sozusagen, die uns Gott, welcher mit Vor- und Nachnamen übrigens Zufall heißt, gegeben hat. Und jetzt bitte nicht gleich wieder Botschaften anzünden und Vergnügungsparks demolieren, das steht so drin, in Bibel, Koran und Talmud, wenn man gewisse Stellen zumindest derart interpretiert, wie ich das tue.

Wir jedenfalls freuten uns wie die Schneider und winkten allen Fahrradfahrern zu, die im Straßengraben lagen. War ja auch verboten, auf der Autobahn, und überhaupt, seit wann hatten Autobahnen Straßengräben? Da dreht sich doch der Führer im Grabe um. Ach nee, der hat ja kein Grab.

Ludwigsfelde ist wirklich eine sehr schöne Stadt. Viele Neubaublocks. Alte Neubaublocks. Manche haben vor ihren Fenstern Rollos mit Totenköpfen zu hängen. Busse fahren. Es gibt einen Preußen-Grill, und jemand hat »Chabos wissen wer …« an die Hauswand geschrieben. Das ist ironisch, kann ich mir vorstellen. Also gemeint, ironisch gemeint. Soll eher so bedeuten …, ach, keine Ahnung. Versteh einer die Jugend. Da müsste mal jemand mit einem eisernen Besen …, einen Satz heißer Ohren …, hat uns schließlich auch nicht geschadet.

Vor einem der alten Neubaublocks haben wir dann gehalten und die Wohnung von Falkos Vater ausgeräumt. Alles auf die Straße gestellt. Den Rollator hat sich sofort jemand gesichert. Eine ältere Dame. Hat sich vorsichtig nach links und rechts umgeschaut und gedacht, sie würde nicht beobachtet werden, und dann ist sie hurtig mit dem weggehoppelt, und wir standen auf dem Balkon und verfolgten johlend das traurige Schauspiel. Wobei, »traurig« und »hoppeln« trifft es nicht genau, und gejohlt haben wir eigentlich auch nicht. Wir schwiegen, während uns langsam ein Bart wuchs. Sehr, sehr langsam.

So sieht's aus

Der für seine Experimente mit Katzen bekannte Mineralölkonzern Shell hat eine Jugendstudie veröffentlicht, derzufolge zwischen 12- und 19-jährige Heranwachsende in der Bundesrepublik die Zukunft größtenteils optimistisch sehen. Fast 90 % gaben an, sie seien sicher, später mal ein Auto zu besitzen, welches schneller fahre als 160 Stundenkilometer, ein Schiebedach hätte und Standheizung und Servolenkung und so. 78 % meinten, man würde das mit der Umwelt schon in den Griff kriegen, weil sich darum bereits mehr als genug Leute kümmerten. Über 50 % würden sogar selber Bonbonpapier und alte Kaugummis in Papierkörbe werfen, wenn einer in der Nähe stünde, und Pandabären seien niedlich. Fast jeder Zweite kann sich vorstellen, an der Heckscheibe seines Autos einen Aufkleber irgendeiner Umweltschutzorganisation wie Greenpeace, PETA oder Freiwild anzubringen. Sie dürften allerdings nicht so groß sein, wegen der Verkehrssicherheit.

Nach wie vor das Wichtigste für Jugendliche bleibt die Familie. Mutti (94 %), Vati (82 %), eigene Kinder (immerhin noch 71 %). Allerdings räumten auch 46 % der Jugendlichen ein, sie wären für eine schalldichte Trennscheibe im Auto, da das Genörgel und Geplärre der Kleinen den Fahrgenuss empfindlich beeinträchtigen könne. Onkel und Tanten schnitten erwartungsgemäß schlechter ab, wobei hier deutliche Unterschiede zwischen Ost und West zutage traten. Während im Osten sich immerhin fast zwei Drittel vorstellen können, auf die Onkels zu hören (Tanten lediglich 15 %), sehen Teenies im Westen das kritischer. Fast 60 % würden, der Studie zufolge, ihre Tanten und Onkels nicht hinten einsteigen lassen.

Überraschend sicherlich, wie politisch interessiert unsere Jugend ist. Zwar kann sie nach wie vor nichts mit etablierten Parteien anfangen, die SPD zum Beispiel kannten bloß 7 % der Befragten, den NSU immerhin 18 %, aber für Sachthemen wären die allermeisten bereit, sich durchaus auch persönlich zu engagieren, für bessere Straßen beispielsweise, ein lückenloses Mobilfunknetz, längere Ladenöffnungszeiten. Bürgerinitiativen liegen hierbei eindeutig im Trend. Fast 85 % der Jugendlichen wünschen sich mal einen Bundeskanzler aus den Reihen von ADAC oder Facebook, 62 % waren noch nie auf dem Mars, 58 % würden, wenn sie könnten, gerne in Frieden leben. Überhaupt, mehr als 42 % der Heranwachsenden lehnen Extremismus jedweder Form ab. Das stimmt hoffnungsfroh. Egal, ob Ausländerextremismus, Ökowahn, Genderdiktatur oder Fußgängerzonen, unsere Jugendlichen scheinen nahezu immun zu sein gegen ideologische Rattenfänger. Flüchtlinge werden toleriert, solange sie sich benehmen. Multikulti ist ja sowieso schon lange. Das Öl kommt aus Saudi-Arabien, das Auto aus Deutschland, das Internetz aus den USA. Kein Problem. Die Jugendlichen haben damit absolut kein Problem! Zu 97,4 %.

Neben Kleidung und Feiern ist für 69 % Freundschaft sehr wichtig. 49,2 % geben an, mehr als 100.000 Freunde zu haben. 24,5 % haben sogar mehr als eine Million Freunde.

Sorgen macht unserem Nachwuchs das Klima. Insbesondere das Klima im Straßenverkehr. 56 % wünschen sich mehr Rücksicht und weniger Radwege, 81 % fordern härtere Strafen für das Werfen von Schneebällen, nur eine Minderheit, 49 %, die Todesstrafe für mutwilliges Zerkratzen von Autolack.

Informieren tut sich die Jugend von heute vielfältig. 99 % nutzen wie selbstverständlich YouTube, 78 % zusätzlich noch, was die anderen so posten. 23 % lesen Werbeprospekte oder in der Schule, nur 1 % die Lügenpresse.

Beruflich sieht sich unsere jüngere Generation auf einem hervorragenden Wege. Die meisten (96,8 %) werden später studieren und irgendetwas machen, was ihnen Spaß macht. Arzt wollen 94 % werden, Arzt oder Manager (92 %), Manager oder Formel-1-Fahrer (91 %), Mehrfachnennungen waren möglich. Bei den Mädchen rangiert Fee noch vor Formel-1-Fahrerin. Allerdings haben auch 76 % der Mädchen nichts dagegen, sich im Schatten ihres künftigen Ehemannes selbst zu verwirklichen. Wenn es finanziell hinhaut? Patiencen legen, was mit energetischen Schwingungen, Kaffee trinken, und der Haushalt macht sich ja auch nicht von alleine. Einer muss schließlich die Putzkräfte koordinieren.

Gesundheit und Sport ist den Kids Herzensangelegenheit. Eine absolute Mehrheit von 51 % würde während des Autofahrens generell auf Alkohol verzichten oder nur ein bisschen saufen. Über 90 % putzt sich die Zähne, und jeder Vierte ist aktiver Fußballfan. Von Deutschland.

Zusammengefasst können wir also beruhigt in die Zukunft schauen. Es kann bloß besser werden, solange wir eine Jugend wie diese, vor allem aber verantwortungsbewusste, uneigennützig agierende Mineralölkonzerne wie Shell haben. Und genug Katzen selbstverständlich.

Die neuen Panzer der Bundeswehr, gesponsert von Kuchen

Zwiegespräche mit Gott – heute: Tag der Erde

A: Na Gott.
G: Na.
A: Na, »Tach der Erde« wah neulich.
G: Wo?
A: Äh … uff da Erde? Also vamutick jedenfalls. Würde sich anbieten.
G: Und wat hat da stattjefunden, an' »Tach der Erde«?
A: Keene Ahnung, Gott. Ick hab dit bloß in' Intanetz entdeckt, dit »Tach der Erde« is. Soll wohl so 'n Naturjedenktach sein, für die Pflanzen und für die Tiere und für die Steine und Sand und Wasser und so.
G: Schön.
A: Wusstiste einklich, Gott, dittit Katzengrillsticks jibt, inne Koofhalle?
G: Jegrillte Katzen?
A: Nee. Dit sind Grillsticks für Katzen.
G: Ach so. Dit man mit Katzen zusammen grilln jehn kann. Jute Idee.
A: Wahscheinlich. Obwohl man die nich grilln soll, die Katzengrillsticks.
G: Soll man nich?!
A: Nee. Die sind wohl schon jegrillt.
G: Jewusst wie, spaht Enagie.
A: Hmm. Und 'ne Hundeballschleuda jibs ooch noch. Ooch inne Koofhalle, Gott. Soll wohl der neuiste Schrei sein, bei die Neureichen.
G: 'ne Hundeballschleuda?!

A: 'ne Hundeballschleuda, janz recht. Is so'n langa Stab, mit den kamman so'n volljesabbaten Ball uffnehmen, ohne ihn anzufassen, und denn schleudat man den so weg, den Ball, und denn kann Kevin wieda losrenn und den holn, den Ball.

G: Kevin?

A: Der Hund.

G: Bello meinste?

A: Bello, Fiffi, Kevin. Man kann sein' Hund nenn, wie man will, Gott. Zumindist hier. Issin freiit Land. Jab soja welche, die ham ihrn Hund Adolf jenannt oda Hitla. Jabs und jibtit bestümmt imma noch.

G: Neonazis.

A: Unta Umständen. Obwohlit ooch ürgendwie merkwürdich is, oda? Ick mein, is dit nich so wat wie Blasphemie unta Neonazis? Seinen Hund nach den Führa zu benenn'? »Adolf sitz!« »Adolf pfui!« »Hitla, du stinkst außin Maul!« Dit hat für mich ürgendwie 'n leicht antifaschistischen Beijeschmack, kannick mir nich helfen.

G: Stümmt. Is nich so richtich durchdacht.

A: Ooch wenn der zun Beispiel ins Tierheim kommt denn, weil Volksjenosse Neonazi in' Knast muss, weila sich in Intanetz illegal Helene Fischa runtajeladen hat, heimlich, oda andre Musik, denn hat der Hund dit ja ooch nich grade leicht, so als Adolf oda Hitla unta lauta Müschlinge, unta Afghanen, Pekinesen, American Stafford. Denn würd der bestümmt schnell zun Außenseita und villeicht soja jedisst.

G: Ach, Hunde sind da nich so.

A: Sagst du.

G: Ick bin Gott!

A: Hmm. Na jedenfalls würdick meen Hund nich so 'ne schwere Hüpothek uffin Weg jeben wolln.

G: Bist ja ooch keen Neonazi.

A: Nee. Zun Glück. Danke, Gott!

G: Wofür?

A: Stellvatretind. Ick weeß doch imma nich, bei wenick mir bedanken soll. Is so'n Dilemma bei uns Ungläubije.

G: Bedank dir doch bei deine Eltan, deine Vawandten und Bekannten, Kollejen, Lehra oda glei bei die Natur.

A: Wejen »Tach der Erde« meinste? Jute Idee, Gott. Danke, Natur!

G: Is zwah letzten Endes ditselbe wie mir zu danken, aban eleganta Ausweg für orjentierungslose Schäfchen wie euch. Hilft, dit Jesicht zu wahrn.

A: Tschüss Gott.

G: Tschüss du.

A: Ach, Gott?

G: Ja?

A: Grilln?

G: Insekten?

A: Würstchen.

G: Sofort?

A: Hmm.

Denker-Woman zur Finanzkrise

Aus der Zeit gefallen

Auf dem Weg zur Kaufhalle hoppelt ein Hase an mir vorbei. Niedlich. Bei näherem Hingucken stellt sich heraus, ist gar kein Hase, ist ein Kaninchen, kleinere Ohren. Bei noch näherem Hingucken ist es allerdings ein Eichhörnchen. Auch schön. Will sicher was verstecken oder was ausgraben, das ist die Aufgabe von Eichhörnchen, daran halten sie sich, strikt, seit Jahrtausenden bereits, so wie wir einkaufen gehen, seit Jahrtausenden, in die Kaufhalle.

Als ich allerdings an der Kaufhalle ankomme, ist sie zu. Klar! Ich Dussel! Ist ja Feiertag! 27. August! Tag der gelösten Probleme! Bin ich etwa in der Zukunft? Scheinbar. Das ist aber nun wirklich zu blöd, weil bei uns gerade alles alle ist. Zufällig haben wir nämlich die letzten Sachen aufgegessen. Die Gewürze und das Klopapier. Klopapier mit Gewürzen. War etwas zäh im Mund. Musste man mit viel Wasser runterspülen. Leitungswasser.

Ich setze mich auf eine Bank im Park. Auf eine deutsche Bank. Also, nehme ich jedenfalls an, oder vielleicht importieren sie die jetzt auch schon aus China? Is mir egal. Hauptsache man reißt sich keinen Splitter ein, im Popo. Mein Popo ist nämlich sehr empfindlich. Früh muss ich ihn immer pudern. Da ich gerne lange schlafe, liege ich ihn mir ja häufig wund, und wenn man da das Pudern auch nur einmal vergisst ... hör mir auf.

Was fange ich an, mit diesem, ich sage mal, Tag? Ich könnte U-Bahn fahren. Ich fahre sehr gerne U-Bahn. Aus der U-Bahn kann man rausgucken und sieht nichts. Also, auf den meisten Strecken. Dunkel. Schwarz. Oder man sieht sein Spiegelbild. Und manchmal sitzt einem jemand gegenüber, der raucht. Noch so ein Aus-der-Zeit-Gefallener. Die Leute gucken ihn böse an, weil man das ja nicht darf. Aber er ist sich keiner Schuld bewusst. Pustet lustige Rauchringe in die Luft. Er kann sogar Liebesherzen. »Mach doch mal so ein Liebesherz aus Rauch«, sage ich zu ihm, aber macht er nicht. Er macht nicht alles, was man ihm sagt. Außerdem versteht er mich nicht. Er spricht noch eine Sprache, die früher mal hier gesprochen wurde. Mittelalthochdeutsch. Außerdem hat er Kopfhörer auf. Ich setze ja nie Kopfhörer auf, weil meine Ohren sonst wund werden. Mein Popo, meine Ohren und meine Kniekehlen sind meine Problemzonen. Das nässt alles. Ganz schrecklich! Aber ich will nicht klagen. Das Wetter ist gut und auch die Politik, besonders Wirtschaftspolitik. Das Überschussdefizit wurde ja nahezu ausgeglichen im letzten Quartal. Das gibt Kraft. Kraft und Mut. Es gab ja Zeiten, in früherer Zeit, da ging es einigen Menschen super schlecht. Doch! Manche hatten kein Dach über dem Kopf oder mussten arbeiten gehen oder waren oft krank, weil sie oft arbeiten gehen mussten. Ein Teufelskreislauf war das gewesen, zu der damaligen Vergangenheit. Ich kann mich noch selber daran erinnern. Wie ich früh aufstehen musste. Mann, war das ein Krampf! Wecker, Radiogejaule und kaltes Wasser ins Gesicht und so Sachen. Anziehsachen. Anziehsachen anziehen. Und alles juckte. Nicht nur die Problemzonen, nein, überall! Und wenn man das dann aufkratzte im Gesicht, dann setzten sich die Leute gleich weg, in der U-Bahn, und der Chef sagte, so jemand könne man nicht auf die Leute loslassen.

Ich war ja mal Handelsvertreter gewesen. Staubsauger. Ich bin immer mit einer Kette von Staubsaugern losgezogen, die hatte ich … die zog ich immer hinter mir her, damals. Auf Kufen. Wenn Schnee lag. Im Sommer auf Rollen. Inline-Rollen. Sechs Staubsauger. Bis zum Feierabend musste ich fünf davon vertickert haben, an den Mann gebracht, auch wenn der Mann meist eine Frau war. Das war echt absolut gar nichts für mich. Nicht nur, weil mein Kopf meist komplett mit Mullbinden zugewickelt war, ich kam auch überhaupt nicht mit den

Staubsaugern zurecht. Batterie oder was? Ich wusste es nicht. Ich habe während meiner gesamten Berufstätigkeit nicht einen einzigen Staubsauger verkauft! Ich habe sie einfach immer in den Müll geschmissen und dem Chef dann Geld gegeben, was ich von meinem eigenen Konto abgehoben hatte. So war das ja eigentlich nicht gedacht, mit der Lohnarbeit, erfuhr ich später aus dem Lexikon. Na, olle Kamellen.

Heute ist heute, und ich bin ja sowieso in der Zukunft. 27. August. Tag der gelösten Probleme. Ich werde diesen Feiertag auf der Parkbank verbringen. Friedlich meinen Rausch aussitzen. Hoffentlich ist der 28. kein Sonntag.

Urgestein

In der Kaufhalle gibt es nicht die Schokolade, die ich haben will. Nur Alpen-Vollmilch. Nicht die Edel-Bitter, die mit den 76 % Kakao, die von kleinen Kindern per Hand sorgsam in weit entfernten Monokulturplantagen Schwarzafrikas abgebaut wird, biologisch natürlich.

Ich raste komplett aus. Schmeiße Regale um, zerdepper Flaschen, schreie und fuchtele mit den Armen, als mich die Polizei versucht, herauszukomplementieren. Sie sind das bereits gewohnt. Passiert regelmäßig, einmal die Woche mindestens. Trotzdem erteilt mir meine Kaufhalle kein Hausverbot, denn ich gelte als Urgestein, als Eingeborener, ich wohne länger, als ich denken kann, in dieser Gegend. Mehr als fünf Wochen. Viel mehr als fünf Wochen. Ich glaube, ich wohne mehr als sieben Wochen in dieser Gegend.

Bin als Kind bereits hierhergezogen. Mit meinem kleinen Köfferchen bog ich damals ein, in diese Straße. Alles war kaputt. Überall Ruinen. Es roch nach Exkrementen, nach toten Ratten. Das gefiel mir. Das hatte Charme. Hier gab es was zu tun, hätten andere gesagt. Zwölf war ich damals, glaube ich, oder elf. Meine Eltern hatten sich kurz zuvor scheiden lassen und mich vor die Tür gesetzt, oder umgekehrt. Das klingt jetzt traurig, aber das war es gar nicht. Ich konnte endlich fernsehen so lange ich wollte. Ich benötigte lediglich einen Fernseher dazu und eine Wohnung und Strom in einer Wohnung. Nichts leichter als das, dachte ich damals, hatte es im nächsten Moment aber wieder vergessen.

In meinem kleinen Köfferchen befanden sich viele nützliche Dinge. Ein Einweckglas mit Schnecken, meine Postkartensammlung sowie eine Spielzeugbohrmaschine, die mir mein Onkel aus Dessau geschenkt hatte, als er noch hoffte, aus mir würde mal ein richtiger Mann werden. Ich liebte meine Spielzeugbohrmaschine, weil sie so schön bunt war. Rot und blau und gelb und sogar ein bisschen grün. Und wenn die Batterie alle war, machte sie auch nicht mehr diesen entsetzlichen Krach.

Grau hing der Himmel herab, an jenem Tage, fast bis zum Fußboden. Ein paar Tauben verendeten. Ein Schornstein fiel vom Dach. Ich setzte mich vor eines dieser Häuser in eine Urinlache. Lustig, oder? Was für ein Missgeschick! Du meine Güte, wenn das jetzt jemand gesehen hätte. Zum Glück sah es keiner, weil alle noch schliefen. In dieser Straße schliefen ja immer alle, jedenfalls solange es hell war oder so ähnlich wie hell. Richtig hell wurde es in dieser Straße ja nie, wegen dem Himmel, dem grauen Himmel, und weil so viel geraucht wurde.

Erst wenn es dunkel war, oder manchmal bei Bombenalarm, erwachten die Leute und begannen zu streiten. Das Gestreite, das war aber gar kein Streit, sondern das war das normale Reden hier, so was wie Dialekt. Wenn kein Schornstein vom Dach fiel, flog was aus dem Fenster, das gehörte dazu, zum Dialekt. Das war Lebensart. Ich fühlte mich sofort heimisch. Hier wollte ich leben. Nur hier wollte ich zum Urgestein werden. Um meine nassen Hosen zu trocknen, zog ich sie aus und schwenkte sie überm Kopf durch die Luft. Es war dunkel geworden inzwischen. Eine alte Besoffene schrie, ich solle heraufkommen, sonst würde es was setzen. Sie dachte, ich sei ihr Kind, stellte mir einen Napf Weißkohlpampe hin. Kurz darauf starb sie, und ich hatte endlich eine Wohnung. Ich hängte die nasse Hose über den Herd und schaltete den Fernseher ein.

Wenn es hell war, schlief ich, wenn es dunkel wurde, schmiss ich was aus dem Fenster, danach schaltete ich den Fernseher an. Tag für Tag. War doch ganz einfach, sich zu integrieren.

Im Viertel gab es auch eine Kaufhalle. Da brachte man Flaschen hin und Altpapier und bekam dafür Flaschen und Weißkohlpampe. So war es seit Menschengedenken, und so würde es auch sein, wenn es gar keine Menschen mehr gäbe, dachten zumindest die Menschen, die hier lebten. Wurde es dunkel, kannte man sich, man trank zusammen und stritt sich, man schlug sich und vertrug sich und trank weiter, bis es hell wurde. Wurde es hell, kannte sich keiner mehr, ist ja auch anstrengend, sich zu kennen.

Wann genau es passierte, weiß niemand. Plötzlich fuhren Autos durch die Straßen, und der graue Himmel begann sich zu verziehen. Kinderlachen, man hörte Kinder lachen. Erst dachten alle, es sei ein böser Traum, aber das ging nicht wieder weg. Und wer war bloß auf die seltsame Idee gekommen, Bäume in unserer Straße zu pflanzen? Als ob es nicht schon genug Ungeziefer gäbe. Einige dachten: *Interessant,* und öffneten auch tagsüber ihre Fenster. *War das jetzt dieser Sozialismus, von dem im Altpapier immer geschrieben stand?*

In der Kaufhalle gab es Weißkohlpampe in bunten Büchsen und auch anderes, auch in bunten Büchsen, aber man konnte kein Altpapier mehr abgeben, und die Verkäuferinnen sagten plötzlich »Bitte« und »Danke«. Deswegen zogen die meisten weg. Und die Neuen, die einzogen, die machten alles kaputt, beschmierten die Wände mit Farbe, klebten die Schornsteine fest und wischten unsere Urinlachen auf. Redete man Dialekt, wurde die Polizei gerufen, und die kam sogar, weil es angeblich gefährlich wäre, Kühlschränke aus dem Fenster zu schmeißen. Bald fuhren Maschinen über die Bürgersteige, die alles sauber machten, und man sollte Miete bezahlen. Verkehrte Welt. Wenn es hell war, wurde gegrüßt, wurde es dunkel, sollte man still sein. Verendete eine Taube auf dem Gehweg, trugen sie besorgte Kleinfamilien ins Tierheim, vielleicht könne man ja noch was machen. Man bekam Zettel an die Tür geheftet, ob man »bitte, bitte« das Rauchen im Hausflur unterlassen könne. Ein Fernseher war nun überflüssig, gegenüber zog ja dauernd jemand aus oder ein.

Keine Ahnung, warum von mir niemand Miete verlangte, vielleicht steckte ein Plan dahinter? Auf jeden Fall klingelte irgendwann so 'ne Initiative gegen Gentrifidingsbums an meiner Tür. Die Typen, die damals die Bäume gepflanzt hatten. Sie hätten mal ’ne Frage. Weil ich doch jetzt hier der Letzte sei von früher, und ob ich nicht ihr Gesicht werden wolle, bei dieser Kampagne gegen Verdrängung und für Kiezkultur. Ich verstand kein Wort, aber sie sagten, es gäbe natürlich eine Aufwandsentschädigung und ob ich denn Schokolade äße. »Weißkohlpampe«, sagte ich, »ich esse Weißkohlpampe.« Worauf sie lachten und mich fotografierten.

So wurde ich zum Urgestein. Das Fernsehen kam, das Altpapier kam, ein Professor desgleichen. Sie fragten mich dies und fragten mich das und fanden alles unfassbar authentisch. Wenn ich im Unterhemd durch die Gegend laufe, unrasiert, so mögen sie es. Wirklich! Ich kann auch schon mal den Hosenstall auflassen und darf weiterhin rauchen. Die Leute zeigen mit dem Finger auf mich, und alle grüßen. Ich kann sie schlecht auseinanderhalten, aber ich habe mein Auskommen. Jede Woche Montag wird ein Briefumschlag mit Geld unter meiner Wohnungstür hindurchgeschoben, und Schokolade esse ich mittlerweile ebenfalls, aber nur die gute, wie gesagt, die mit 76 % Kakao.

Gedanken eines kleinen Mannes

Ich bin ja nun wahrlich kein kleiner Mann. Ich bin 1,80 Meter groß, manchmal sage ich sogar 1,81 Meter, das klingt irgendwie noch größer und nicht so 08/15-mäßig. Und doch fühle ich mich manchmal sehr, sehr klein. Manchmal nämlich denke ich, ich hätte etwas ganz Wichtiges erkannt, ich wüsste, wie man ein Problem lösen könnte, ein wichtiges Problem. Doch kurz darauf stelle ich ernüchtert fest, es will niemand wissen, was ich da erkannt habe, keiner interessiert sich für meine Problemlösung, ich werde gar nicht wahrgenommen, man ignoriert mich.

Das ist dann der Moment, wo ich mir wünschte, ich wäre der Präsident. Ich wäre ein sehr gerechter Präsident. Aber auch ein konsequenter Präsident. Ich würde die richtigen und wichtigen Sachen durchsetzen, ohne Wenn und Aber. Und auf mein Herz würde ich hören, denn mit dem Herzen sieht man besser, was zwar Quatsch ist, aber ein schöner Spruch. Ich wäre der, der mit dem Herzen sieht, und alle könnten zu mir kommen und mir ihre Sorgen und Nöte, ihre Probleme und Wehwehchen mitteilen, und ich würde ihnen mein Ohr leihen, aber Wiedersehen macht Freude. Ich würde ihnen zuhören, stundenlang, und mir hin und wieder Notizen machen und nicken und den Kopf schütteln und manchmal auch tanzen, wenn es sich anbietet. Es bietet sich ja nicht immer an, zu tanzen. Ich würde den Bürgern ein gutes Gefühl vermitteln. Da ist jemand, der sich Zeit nimmt für uns, würden sie denken und nicht mehr demonstrieren oder immer dagegen sein. Es ist ja gar nicht mal so gut, wenn alle immer dagegen sind. Immer nur dagegen, das ist gar nicht gut. Dann kann ja nichts entstehen, und das Leben, das lebt ja nun mal davon, dass etwas entsteht. Entstehen und Vergehen, das gehört zum Leben dazu wie der Stachel zur Rose. Oder Dorn sagt man ja, Dorn.

Ein Bahnhof zum Beispiel. Ein Bahnhof muss sein! Würde es keine Bahnhöfe geben, bräuchten auch gar nicht erst Bahnen zu fahren, auf den Gleisen. Ohne Bahnhöfe könnten Fahrgäste zwar auch aussteigen, aber nur auf freier Strecke. Und wer holt sie dann ab? Wissen sie überhaupt, wo sie sind? Da ist ja dann gar kein Schild, wenn da kein Bahnhof ist. Und, mal ganz im Ernst, wer von uns würde schon gerne mit einem Zug fahren, bei dem er gar nicht weiß, wo er ankommt? Vor allem noch, wenn man Gepäck dabeihat? Koffer? Schwere Rollkoffer? Nachher steht man da in einem Maisfeld und dann mit einem Rollkoffer, einem schweren, und kein Schild, wo's langgeht? Und jetzt stellt euch mal weiter vor, es ist sogar noch Gewitter, und die Maispflanzen sind noch klein, der Blitz schlägt ja immer da ein, wo es am höchsten ist, und der Zug ist schon weg. Da hört ja dann der Spaß wohl endgültig auf.

Oder Flughafen, ja? Ganz genauso. Stellt euch mal bitte vor, es gäbe keinen Flughafen. Man fliegt da in einem Flugzeug, und es gibt aber gar keinen Flughafen. Das ist ja wohl noch gefährlicher als bei einem Zug. Ein Zug hat ja wenigstens Boden unter den Füßen. Ein Flugzeug aber hat ja gar keinen Boden unter den Füßen. Ein Flugzeug fliegt da munter in der Luft umher. Und in dem Flugzeug, da sitzen ja Menschen. Kinder, Frauen, Mütter. Und diese Menschen haben ja Familie. Jemand wartet auf diese Menschen, also mal angenommen. Da ist es doch vollkommener Irrsinn, wenn es keinen Flughafen gibt. Wo soll der Pilot denn landen? Auf dem Fluss? Auf der Autobahn? Und die Autos? Was ist mit den Autos? Soll der Pilot etwa auf den Autos landen, wo die Autofahrer doch sowieso schon die Melkkühe der Nation sind? Das sind alles so einfache Fragen, die einem so viel klarmachen können, aber sie werden einfach nicht gestellt!

Dasselbe mit Krieg oder Not, Hunger, Elend. Da bin ich auch voll dafür, dass das abgeschafft wird. Würde ich sofort abschaffen, ohne Wenn und Aber. Und wenn dann jemand käme und sich beschweren täte, wenn der beispielsweise sagen würde: »Lieber Präsident, ich vermisse den Krieg, vor allem aber die Not, den Hunger und das Elend«, dann würde ich da nicht sofort gleich sauer reagieren. Nein! Ganz und gar nicht! Guck mal, das ist ja gerade das Falscheste, was man machen kann. Als Präsident muss man da drüberstehen. Man ist schließlich der Landesvater. Man hat alle Kinder gleich lieb, also sollte man zumindest. Ich würde erst mal schweigen, so eine Minute etwa, ihm dann einen Kuss auf die Stirn drücken, ihm die Hand meiner jüngsten Tochter anbieten, also, dass er sie heiraten kann, ich bin ja kein Schlächter, und dazu das halbe Königreich, ich meine die Republik. Weil so nämlich löst man Konflikte, so und nicht anders!

Leider werde ich wohl nie Präsident werden, auch wenn ich alle Qualifikationen dafür mitbringe. Da bin ich Realist. Bin eben nur ein kleiner Mann, welcher nachts im Bett Vorträge hält, seinen Kuscheltieren. Wer übrigens mal mit mir schlafen will, möge jetzt in die Hände klatschen.

Werbung

Normalerweise wird ja immer geschimpft über Werbung. Klingelt es an der Haustür, und jemand brüllt durch die Wechselsprechanlage: »Werbung bitteh!«, so freuen sich nur die allerwenigsten über diesen unverhofften Besuch. »Brauchen wa nich!«, gehört noch zu den höflicheren Reaktionen, oft entlädt sich der Zorn der Angesprochenen zügellos. »Du Po!«, wird dann gerufen oder was mit »Buckel« und »runterrutschen«, dabei ist Werbungverteilen genauso ein ehrenwerter Beruf wie Arzt oder Kammerzofe oder Zerspaner. Man tut eben, was man kann oder was feilgeboten wird, auf dem Arbeitsmarkt. Viele haben ja gar keine Wahl, weil die Ausländer ihnen die Arbeitsplätze wegnehmen oder die Einheimischen. Mir zum Beispiel hat mal ein Nachbar den Arbeitsplatz weggenommen. Er stand vor mir in der Schlange beim Jobcenter und grinste höhnisch, wenn er sich zu mir umblickte. »Ätsche, bätsche, eher da«, sagte sein Lächeln, und wirklich, als ich zu meiner Sachbearbeiterin an den Schreibtisch trat, war der Posten des Vorstandsvorsitzenden bei der Deutschen Bank bereits vergeben, und nun ratet mal, an wen. Klar, dass man da sauer wird, das ist sonnenklar. Er zog dann auch bald weg, nach Elsterwerda oder Frankfurt am Main, so genau weiß ich das nicht mehr, während ich nach wie vor hier wohne, Slumgasse, Hausnummer Fehlanzeige. Oder auch beim Fernsehen, da schalten ja auch alle um, wenn Werbung kommt, oder bedienen die Stummschaltetaste oder holen sich aus der Küche was Leckeres. Eine Leckerei. Ein Ei. Oder ein' Brei. Oder ein' Eierbrei.

Es gibt ja Sender, die sind direkt daran kaputtgegangen, an der Wegschalterei. Wer kennt noch RTL oder RTL 2 oder

RTL 3? Die gibt's ja alle nicht mehr. Dabei liefen dort wunderbare Nachrichten, großartige Spielfilme, sensationelle Serien. Bei einer Serie habe ich sogar mal gelacht, als die kam. Da ist einer so zur Tür reingekommen und dann gestolpert, da habe ich mich dermaßen fast eingepisst vor Lachen! Müssen ja finanziert werden, solche Serien. Wenn immer alle wegschalten, das kriegen die Firmen ja mit, deren Produkte da angepriesen werden. Auch Stummschaltetaste, das kriegen die auch mit. Da warten die ein, zwei Jahre, und wenn dann immer noch jemand die Stummschaltetaste drückt ... das wirkt sich ja auf das Kaufverhalten aus, hier, so ein Versicherungsdienstleister, der muss ja auch von was leben. Die meisten denken ja immer, die wären alle reich, die Kapitalisten, das stimmt ja gar nicht. Die meisten Kapitalisten sind absolut genauso arme Schlucker wie wir! Alles auf Pump! Schickes Auto, Villa am See, alles nur geleast! Nein, Werbung, gebt ihr eine Chance.

Ich, zum Beispiel, habe neulich aus dem Briefkasten eine Zeitung geholt. Eine gute Zeitung. Mit Fernsehprogramm, Wetter und hör mir auf. Und in der Zeitung, da war ja auch Werbung integriert. Also, sowieso schon, zwischen den Zeilen, aber auch als Extramüll, so bunte Beilagen, Kärtchen, Briefe, und da habe ich das Zeug, in einem Anfall sinnentleerter Aggressivität, in den Eimer gekippt, wir haben ja in unserem Haus einen Eimer, einen Werbemülleimer, unter den Briefkästen zu stehen, im Hausflur, und da muss mir doch, voll aus Versehen, der Briefkastenschlüssel mit hineingefallen sein, und ich das aber gar nicht gemerkt, und schön, dumdidum, wieder in die Wohnung getrottet, und dort war mir dann langweilig, alle Serien schon gesehen, sämtliches Bier bereits getrunken, und da dachte ich, Mensch, les ich doch mal Zeitung, doch da waren nur so doofe Nachrichten drin, Krieg und CSU-Klausurtagung, es ist ja oft nicht gerade angenehm, über was in der Zeitung so geschrieben wird, mir fehlte das Positive, das Bunte, das leicht Verständliche, mit einem Wort: Werbung bitteh! Also streng genommen sind das zwei Wörter, aber egal.

Ich also wieder raus, im Werbemülleimer gewühlt, und gucke an, da blitzte es doch auf dem Grunde des Eimers und blinkte voll frech. Der Briefkastenschlüssel! Stell dir mal vor, habe ich da zu mir gedacht, wenn ich die Werbung jetzt nicht weggeschmissen hätte, wäre mir der Schlüssel gar nicht erst da reingefallen, und ich hätte ihn überhaupt nicht wiederfinden müssen, aber auch nicht können. Versteht ihr? Diese Achterbahn der Gefühle. Mein Leben wäre noch langweiliger gewesen als ohnehin schon. Ich erlaube es mir einfach, deswegen dankbar zu sein.

Zwiegespräche mit Gott – heute: Man lebt nur einmal

A: Na Gott.
G: Na.
A: Na, riecht so anjebrannt, Gott.
G: Ja, mir is grad die Suppe, die is mir grad anjebrannt.
A: Suppe? Wie kann denn Suppe anbrenn, Gott?
G: Allit kann anbrenn. Kommt uff de Tempiratur druff an. Bei 'ne richtich hohen Tempiratur brennt selbst Betong.
A: Wat hast du denn für'n Herd, Gott?
G: Is ja nich alleene abhängich vonne Tempiratur, ob wat brennt oda nich, sondan ooch von die Daua, von die Zeit, in der wat uffin Herd steht. Kiek ma, ick wah doch bei diese Konfirenz jewesen.
A: Wat für 'ne Konfirenz?
G: Na, bei die Konfirenz hier, wejen China und Klima und landwürtschaftliche Nutzflächen.
A: Da wahst du jewesen?
G: Da warick jewesen.
A: Haste mir 'ne Ansichtskahte mitjebracht, Gott?
G: Aus Finstawalde?
A: Wieso Finstawalde? Ick denk, du wahst in China?
G: Nee. Dit drehte sich um China, die Konfirenz, und ums Klima und um landwürtschaftliche Nutzflächen, aba stattjefunden hat se in Finstawalde, südlichit Brandenburg, Ostdeutschland, Mittileuropa. Bisschen weg von Schuss, aba für so 'ne Konfirenz jenau dit Richtije.
A: Habick übahaupt nich mitjekricht, Gott, dit da 'ne Konfirenz jewesen is, in Finstawalde.

G: Hamwa ja ooch nich anne große Glocke jehängt. Mit Absicht. Sollte ja wat bei rauskomm, bei die Konfirenz.

A: Und? Is wat rausjekomm?

G: Eha wenija.

A: Hmm, is häufich der Fall, bei so 'ne Konfirenzen. Da reisen se alle an, weeßte, die hohen Staatsmänna und pah wenije -frauen, vatilgen jede Menge Leckereien, vaursachen Kosten in Milljonenhöhe, und raus kommt: Nüscht!

G: Also Milljonenhöhe, davon kann bei unsre Konfirenz nu wahrlich keene Rede sein.

A: Hast du 'ne Ahnung, Gott, dit läppat sich.

G: Nee, nich bei uns. Kannick beweisen. Die Rechnung habick nämich höstpasönlich übanommen. Hier, kiek selba.

A: Zwee Letschosteek, een Bauanfrühstück, Blutwurst mit Sauakraut, 16 Bier à 0,5, 4 Kümmalinge, 6 Klare, wat issin dit für'n Zettil, Gott?

G: Die Rechnung. Du wolltist doch die Kosten wissen. Übanachtit hamwa nich. An- und Abreise afolgte mittils Privat-PKW der Mahke Subaru, in' Volksmund ooch »Füschbüchse« jenannt. Von Axil die Schüssil, weeßte? Axil, kennste doch.

A: Du bist mit Axils Schrottscheese zu die Konfirenz jefahn?

G: Nich icke, wir. Die Teilnehma an die Konfirenz. Peta, Axil, Schulle und ick.

A: Schulle hat anne Konfirenz teiljenommen?!

G: Wieso nich?

A: Weil Schulle, sagen wa ma, ein klitzekleinit Alkoholproblem besitzt? Weil Schulle jerne ma ausrastit? Weil Schulle zwah Meinungen zu allit Mögliche hat, aba diese Meinungen, jelinde jesagt, nich unbedingt uffs intanatjonale Pakett jehörn?

G: Siehste! Deswejen hamwa die Konfirenz erst ma in kleenen Kreis organisiert. Damit keen diplomatischit Porzellan zaschlagen würd. Wah aba halb so wild. Die Würtin hat zun Schluss soja jesagt, dit se Schulle adoptiern würde, wenna nich schon so groß wär.

A: Ihr habt 'ne Sauftuhr jemacht, Gott! Dir vabrennt die Suppe uffin Herd weil ihr 'ne Sauftuhr macht! Und dit ooch noch mittin Auto! Ick fassit nich!!! Dit is vollkommen vaantwortungslos!

G: Man lebt nur eenma.

A: Ebend!

G: Ach komm, nästit Ma laden wa dir ooch ein, vasprochen.

A: Tschüss Gott.

G: Tschüss du.

A: Ach, Gott?

G: Ja?

A: Du lebst … ooch nur eenma?

G: Sicha. Ewich zwah, aba 'ne Mehrzahl von Ewichkeit jibs ja nich.

Plädoyer für Poesiealben

Schon wieder hell war es, als ich heute morgen aufgewacht, was an der Jahreszeit gelegen haben oder aber ein kosmisches Phänomen gewesen sein könnte. Ich ging in die Küche und machte mich an den Abwasch. Ich wasche traditionell immer morgens ab, noch vor dem Zähneputzen, da kann man so gut nachdenken.

Ich dachte an die Todesstrafe und den ägyptischen Präsidenten und daran, dass die Bundesrepublik endlich ihre Beziehungen zu dem nordafrikanischen Land normalisieren will, wurde auch langsam mal Zeit, finde ich. Sind eben andere Sitten dort, die Menschen haben andere Frisuren, hören andere Musik, fällen andere Urteile, da sollte man sich nicht ständig einmischen, nicht immer mit dem erhobenen Zeigefinger drohen, wer sind wir denn?

Auch hier steht ja nicht alles zum Besten, wenn man mal an den Flughafen denkt oder die Öffnungszeiten bei der Post. Da wollte ich neulich ein Päckchen abholen, und da war die Tür zu, dabei war es noch hell, was an der Jahreszeit gelegen haben oder ein köstliches, ich meine kosmisches, Phänomen gewesen sein könnte.

Viele Menschen müssen ja sonntags arbeiten, Feuerwehrfrauen, Krankenbrüder, warum nicht die Post? Wir leben doch, verdammt noch mal, nicht mehr im Mittelalter! Aber einen höheren Lohn fordern, das können sie. Wenn alle immer einen höheren Lohn fordern würden, ja … das muss ja auch jemand bezahlen. Das Geld wächst doch nicht auf den Bäumen. Das muss gedruckt werden, das Geld. Aber daran denkt mal wieder niemand, weil alle Spülmaschinen besitzen und nicht mehr abwaschen müssen und dadurch keine Zeit mehr finden, um nachdenken zu können.

Ich zum Beispiel würde gerne weniger Lohn bekommen, weil ich das einfach einsehe, dass es so nicht weitergehen kann: schneller, höher, weiter. Vielleicht werde ich sogar streiken für weniger Lohn, weiß ich noch nicht. Das muss ich erst mal mit meinem Arbeitgeber absprechen, ob der damit einverstanden ist, ob der das gut findet. Kann ja sein, er benötigt meine Arbeitskraft, ist darauf angewiesen, dann wäre das ja kontraproduktiv. Ich will schließlich keinen Schaden anrichten mit meinem Streik, nur ein Zeichen setzen. Vermutlich wäre eine Petition besser. Eine Internetpetition. Man muss mit gutem Beispiel vorangehen. Geld, immer nur Geld! Man kann auch ohne Geld glücklich sein. Das schreibe ich seit Jahren, bei jeder sich bietenden Gelegenheit, in sämtliche Poesiealben, die ich erwischen kann. Leider gibt es kaum noch Menschen, die ein Poesiealbum führen, weil alle immer nur daddeln. Na ja, Kinder eben, große Kinder. Streiken und daddeln und den Knopf von der Spülmaschine drücken, aber sich keine Gedanken machen über die Folgen, die schwerwiegenden.

Ist es nicht schlimm, dass die Menschen woanders arm sind und wir so reich? Warum können wir nicht auch arm sein? Dann wären wir alle gleich, und niemand müsste mehr in löchrigen Schrottkähnen übers Mittelmeer schippern. Jesus, im Übrigen, hätte das so gewollt, und nein, ich glaube nicht an Gott, bin nicht religiös, aber Jesus zeigte uns den Weg. Verzicht, nämlich. Wein in Wasser verwandeln, hast du nichts anzuziehen, schneide ich meinen Mantel ebenfalls kaputt. Und wenn sich die Mächtigen darüber freuen, na und? Sollen sie doch! Die werden schon früh genug noch erkennen, dass alles doof ist, was sie machen. Zum Beispiel, wenn sie ein Robbenbaby angucken, die traurigen Augen eines Robbenbabys, oder auf dem Gipfel, beim Bergsteigen. Hört man ja immer wieder, dass einem da Erkenntnisse kommen können, die das Leben fundamental verändern. Und die Mächtigen dieser Welt, die lieben Herausforderungen. Helmut Schmidt, zum Beispiel, rauchte Kette, der eine von British Petrol badet im Meer und taucht. Unter. Und Kim Jong-un, der nordkoreanische Bundeskanzler, treibt es jeden Tag mit bis zu zehn amerikanischen Schauspielerinnen, stand zumindest im Internetz.

Nein, so ein Leben möchte ich gar nicht führen, ich bin mit sehr viel weniger zufrieden. Ein Kanten Brot, ein Stück Dach über dem Kopf, auch wenn es durchregnet, und ab und zu ein Wort des Dankes, vom Chef, oder ein Blick, ein gütiger, reicht mir vollkommen. Das letzte Hemd nämlich, es hat keine Taschen. Warum eigentlich nicht?

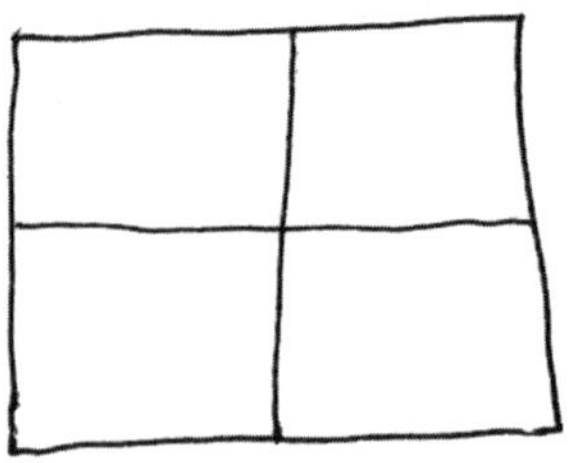

ein Fenster mit Blick aufs Meer an einem nebligen Tag

Eine verlässliche Konstante

Normalerweise werden sie ja eher verachtet. Ja, es gibt ein neues Kastenwesen. Und das nicht nur in Indien, nein, weltweit. Ich rede von den Spam-Schreiberlingen, denjenigen, die unermüdlich, und zwar rund um die Uhr, die weltweite Netzgemeinde mit Spam-Mails beglücken. Rast- und ruhelos sitzen sie an ihren elektronischen Datenverarbeitungsanlagen und tippen Fragezeichen um Fragezeichen ein, mit Links zu Cialis- oder Viagra-Pillen oder Uhren oder Anziehsachen von Weiß-der-Fuchs und schicken sie an sämtliche Adressen, derer sie habhaft werden können. Und niemand antwortet ihnen, alles wird umgehend gelöscht. Traurig.

Ob sie wohl wissen, dass sich keiner für ihre Mails interessiert? Ob sie manchmal Zweifel hegen, dass sich der ganze Aufwand lohnen tut? Nun ja, vielleicht lohnt es sich nicht in ihrem Sinne, aber ich möchte heute einmal so einem Spam-Schreiberling ausdrücklich danken. Und zwar dem Herrn oder der Dame Viecismingomsr mit »msr« hinten geschrieben. Ich weiß nicht, wie man das ausspricht, ich weiß ja nicht einmal, woher er oder sie stammt. Klingt ein bisschen wie Srilankesisch, obwohl ich noch nie auf Ceylon gewesen bin.

Die meisten der Spam-Schreiber sollen ja aus Russland stammen. Früher erkannte man das auch. An den Adressen, den Absenderadressen, mit dem Kürzel »ru« hinten. Aber mittlerweile schreiben sie alle von gmail.com aus, und das ist ja kein Land, hab es zumindest im Atlas nicht gefunden.

Na, jedenfalls bin ich Herrn oder Frau Viecismingomsr sehr dankbar, denn seine oder ihre Spam-Mails, die sie oder er in meinem Blog als Kommentare tarnt, die haben immer die gleiche Länge und bestehen fast ausschließlich aus Fragezeichen. Das ist beruhigend, wenn man auf die guckt. Das Lesen dieser Spam-Mails entspannt mich total. Man muss sich nicht die Bohne anstrengen, nicht nachdenken, ja, überhaupt, das Wort »lesen« trifft es eigentlich gar nicht. Man betrachtet diese Mails. Man schaut sie sich an. Sie sind wie Bilder in einer Galerie. Einer Galerie, die man kostenlos nach Hause geliefert bekommt. Moderne Kunst. Interaktive moderne Kunst. Denn ich, und jetzt kommen wir zum zweiten herausragenden Punkt, ich lösche sie tagtäglich. Das werden einige als pure Zeitverschwendung einstufen, doch ich genieße dieses Eliminieren. Wie bereits erwähnt, haben diese Spam-Mail-Kunstwerke alle exakt dieselbe Länge, und wenn man da auf »Spam« drückt, dann muss man bei der nächsten Spam-Mail überhaupt nicht runterscrollen, sondern verlässlich erscheint das Klickangebot »Spam« auf genau demselben Platz. Man sitzt also vor dem Bildschirm, ohne geistig herausgefordert zu werden. Man klickt und klickt und entspannt seine Augen beim Betrachten der Fragezeichen. Und Herr oder Frau Viecismingomsr beglücken mich jeden Tag mit mindestens 30 dieser Artefakte. Fleißig wie die Bienchen!

Wenn ich nicht wüsste, dass es unter Umständen gefährlich sein kann, einzelne Elemente aus diesen Kunstwerken anzuklicken, ich hätte Herrn oder Frau Viecismingomsr schon längst einmal zurückgeschrieben und mich bei ihm oder ihr bedankt.

Weiß gar nicht, wie es wäre, sollten ihre Briefe plötzlich ausbleiben. Das war nämlich zu Weihnachten mal kurz der Fall gewesen. Da habe ich mir bereits Sorgen gemacht. *Wenn ihm oder ihr nun was zugestoßen ist?*, habe ich mir gedacht. War aber nicht. War nur Ferien. Familie. Pünktlich zum neuen Jahr kamen wieder neue Spam-Mails hereingeschneit, und die hatten nichts von ihrer Qualität eingebüßt. Genau dieselben Fragezeichen in genau derselben Länge. Eine verlässliche Konstante in dieser unruhigen Zeit. Danke Mr. oder Mrs. Viecismingomsr oder wie es auf Srilankesisch so schön heißt: Frpelmenvrakulflng, mit »flng« am Ende.

Man kann nicht alles wissen

Wie eine Primel ist sie eingegangen, die Primel, die ich zu meinem Geburtstag geschenkt bekam. Sie war das einzige Geschenk gewesen, darum ist es doppelt traurig, oder sechsfach, je nachdem, wie viele Geschenke man als normal erachtet, an einem Geburtstag.

Dabei habe ich sie jeden Tag gegossen. Echt! Dreimal. Morgens, mittags, abends. Gleich nach dem Aufstehen bin ich … habe ich jeden Tag den Fernseher angemacht und in der ersten Werbepause bereits … erst die obligatorische Tafel Schokolade genossen, und dann bin ich sofort ins Bad gesprintet, mit meiner Gießkanne, hab da Wasser reingemacht, richtige Temperatur, immer mit dem Thermometer extra nachgemessen, ich besitze ja ein Wasserthermometer aus dem Wasserthermometerladen, dem einzigen Wasserthermometerladen, den es gibt in Berlin, Charlottenburg, Kantstraße, da neben dem Sexshop, war nicht ganz billig, aber kann ich ja von der Steuer absetzen. 93 Euro, dabei ist das in China hergestellt worden oder in Taiwan, wobei Taiwan ja auch China ist, das andere China, nicht die People-Republik, das andere China, das bessere China, würden manche sagen. Das China, das uns nicht bedroht, das auch nicht zum Mond fliegt oder zum Mars, Taikonauten heißen die ja, in China, die Kosmonauten, oder Astronauten, Astronauten muss man ja jetzt sagen, weil sie ja nicht mehr in den Kosmos fliegen, sondern in den Astros, das wurde umbenannt nach der Wende. Marx-Engels-Platz heißt nun Hackescher Markt, wegen Hackl-Schorsch und Marktwirtschaft, und Kosmos eben Astros, wegen … was weiß ich. Verwirrend, doch … man kann sich dran gewöhnen.

Neulich habe ich übrigens am Hackeschen Markt einen Schlafanzug gefunden, einen fast neuen Schlafanzug, was für ein Zufall! Ist mir zwar ein paar Nummern zu groß, aber wenn ich ihn am Bund so festhalte, dann rutscht er gar nicht. Ist sowieso 'ne kurze Hose nur. Kurze Hose und kurzärmliges Oberteil in Hellblau, meiner Lieblingsfarbe. Hellblau, mit dunkelblauen Streifen, so wie es gerade modern ist.

Wagner wird ja dieses Jahr 100. Nicht der Pizzaonkel, sondern der, der die klassische Musik erfunden hat. »De-de-dedum!« Die ist ja auch wieder schwer im Kommen, die Klassische Musik. Sowieso, klassische Werte. Knicks bei Damen, Abi-Ball, Ehe. Und überall werden Schlösser gebaut, Stadtschloss Berlin, oder auch in Stuttgart, ein Bahnhof, und die Elbphilharmonie in Hamburg, wo dann ja auch die Wagner-Festspiele stattfinden sollen, wenn die mal fertig wird, die Halle.

Dem Meister wird ja häufig sein Judenhass vorgeworfen, sein Antisemitismus, aber ich finde, da muss man auch mal die Kirche im Dorf lassen. Er hat doch so schöne Musik gemacht. »De-de-de-dum!« Künstler sind nun mal schrullig. Richtig helle im Kopf war Wagner nie gewesen, da sind sich sämtliche Experten einig, er hatte aber auch 'ne schwere Kindheit, Vater reich, Mutter reich, er selber dann … auch reich, und das zieht sich ja, die gesamte Familie gilt ja nicht gerade als Tummelplatz geistiger Leuchttürme, um es mal vorsichtig zu formulieren. Muss sie aber auch überhaupt nicht, finde ich, solange sie in Würde sein musikalisches Erbe hochhält und vernünftig verramscht. Tut ja sonst keiner. »De-dede-dum!« Oder auch: »De-de-de-de-de-de-de, De-de-de-dede-de-de, De-de-de-de-de-de-de, de, de, de, de.« Wagner schrieb ja beileibe nicht nur schwülstige Brachialopern, nein, der ein oder andere Karnevalsschlager geht ebenfalls auf sein Konto. Der *Ententanz*, wie gehört, die Titelmelodie von *Heidi* oder: »Einer geht noch, einer geht noch rein«, das sollte ursprünglich ja die Abschlusshymne werden, beim *Ring der Nibelungen*, fiel dann aber der Kürzungswut des künstlerischen Leiters zum Opfer. Krise, auch damals schon ein durchaus geläufiges Wort.

100, wie gesagt, wird er. Herzlichen Glückwunsch, Franz-Josef! Bin mir sicher, du bekommst wesentlich mehr als nur eine Primel geschenkt. Und wenn doch, wird diese aber auf gar keinen Fall eingehen, obwohl, woher will ich das eigentlich wissen, weiß schließlich nicht alles.

Neue griechische Sagen – Die Reisen des Pethoxenus (Teil 1)

Pethoxenus war der Sohn Xykhartas und Olioopthenus der Sohn Kemas und Pathenes, und Butter war unbezahlbar geworden im Supermarkt von Nea Kallikratia, aber Butter kaufte ohnehin keiner. Man lebte fröhlich vom Öle der Olive und saftigen Zwetschgen in den Tag hinein.

Eines schönen Morgens, die Sonne strahlte, als sei sie eine Göttin, vom Olymp hernieder, sprach Pethoxenus, der Sohn Xykhartas: »Mutter«, sprach er, »Mutter, ich gehe, um mein Glück zu machen *und* um mich selbst zu finden, *und* ich habe ein wenig Bauchschmerzen.« »Wo denn?«, erkundigte sich Xykharta, die Mutter des Pethoxenus. »Da«, sagte Pethoxenus, der Sohn Xykhartas. »Da?«, fragte Xykharta, die Mutter des Pethoxenus. »Nee, da«, sagte Pethoxenus, der Sohn Xykhartas und Enkel der ollen Bytirisnitse, die aus Litauen eingewandert war, dereinst. »Ach da!«, erwiderte Xykharta, Tochter der ollen Bytirisnitse und Tante jenes süßen Zwillingspaars Bopos und Kopos, die immer so lustig pupsten. »Tut es weh?« »Nee, jetzt nicht mehr«, sprach Pethoxenus, Sohn der Xykharta und Kumpel des dicken Dimitrios, welcher Basketballstar werden wollte, aber das war ja wohl nahezu ein Ding der Unmöglichkeit. Er sollte es lieber mit Ringen probieren, griechisch-römischer Stil. Oder Computerspiele, vielleicht.

Xykharta, Mutter des Pethoxenus und Frau von Welt, machte sich Sorgen: »Wenn es noch mal wehtun sollte, gehst du aber zum Arzt, versprochen?«, bat sie Pethoxenus, den Sohn ihrer. »Man bekommt doch sowieso keine Medikamente mehr«, entgegnete Pethoxenus, Sohn der Xykharta und ehemaliger Wandzeitungsredakteur der Klasse 6 Alpha, »und wenn, können wir sie nicht bezahlen.« Er reichte seiner betrübten Mutter eine Plastetüte, damit sie ihre Tränen dort hinein vergießen könne. Xykharta, Ex-Frau des Heliotimitis, Brieffreundin von Konstantin Kossas und Liebhaberin harziger Rebensäfte, musste aber gar nicht weinen, sondern stopfte stattdessen ein paar saftige Zwetschgen sowie eine Zweiliterpulle vom Öle der Olive in die Tüte. »Für den Weg«, sprach sie, schlang die Arme um seinen Hals und herzte und liebkoste Pethoxenus, den einzigen Sohn. »Und versprich mir, zum Arzt zu gehen, wenn es wieder wehtun sollte, ja?« »Mutter!«, sagte Pethoxenus, eine Spur gereizt, bevor er sich umdrehte, noch einmal winkte, zum Abschied, aber sie hatte die Tür schon zugemacht.

Als Pethoxenus die Stadt verließ, begegnete ihm dort eine Eidechse. Sie sah wie eine gewöhnliche Eidechse aus, aber eine Sage wäre ja wohl keine Sage, wenn alles darin gewöhnlich zugehen würde. Die Eidechse war in Wahrheit die Göttin Tirili, die aufgrund von Vergehen aus dem Himmel verstoßen worden war und fortan als Eidechse sich verdingen sollte, drunten auf der Welt, unter den Bedingungen des europäischen Spardiktats für Griechenland, kein Zuckerschlecken, fürwahr.

Tirili döste in der Sonne auf einem Stein am Rande der Straße. Pethoxenus setzte sich daneben, entnahm der Plastetüte eine saftige Zwetschge, biss herzhaft hinein, welch wonniger Anblick, holte danach die Flöte aus seiner Manteltasche und begann zu spielen. Er spielte das Lied vom Tod. Vertrocknete Rollbüsche kullerten an ihnen vorbei. Wind knisterte. Ein Hund heulte. Da begann die Eidechse plötzlich zu sprechen: »Pethoxenus, Sohn der Xykharta.« »Ja?«, fragte Pethoxenus, Sohn der Xykharta, verwundert, »Wer bist du?« »Ich bin Tirili, Tochter der Amalgame und des Dioseptus. Ich bin eine Göttin. Zum Beweis spreche ich mit dir, damit du mir das glaubst.« »Und was willst du?«, fragte Pethoxenus, Sohn der Xykharta. »Ich will, dass du aufhörst zu spielen. Es ist entsetzlich«, antwortete Tirili, Göttin der Tauwetterperiode und Tochter der

Amalgame und des Dioseptus. »Hast du denn Ohren?«, fragte Pethoxenus. »Natürlich«, antwortete Tirili und streckte ihm die Zunge raus. »Das ist aber kein Ohr«, witzelte Pethoxenus, Sohn der Xykharta und Klassenclown ab zumindest der Siebten. »Das habe ich auch gar nicht behauptet«, reagierte Tirili, Tochter der Amalgame und des Dioseptus und Göttin der Tauwetterperiode oder der Warteschlange, das bedeutet auf Griechisch fast dasselbe. »Dann zeig mir doch mal deine Ohren«, forderte Pethoxenus, Sohn der Xykharta, sie verschmitzt heraus. »Sexist!« Die Göttin der Warteschlange hatte sich in den armen Flötenspieler, dessen Familie nichts als Plastetüten besaß, Hals über Kopf verliebt, obwohl sie noch nicht ganz bereit war, das auch zuzugeben. »Hole mir einen Wald des Schweigens vom Himmel«, stellte sie ihn stattdessen auf die Probe. »Wozu?«, fragte Pethoxenus, Sohn der Xykharta und hochdekorierter Pragmatiker. »Hier unten würde der sowieso nur brennen, da kann er still sein, so viel er will.« »Dann pflücke mir einen Streifen vom edlen Saum der Sachlichkeit.« »Erst wenn du mich küsst.« Tirili und Pethoxenus, Sohn der Xykharta, küssten sich leidenschaftlich. Das ist in Griechenland nicht erlaubt, oder jedenfalls nicht erwünscht, jedenfalls nicht in der Öffentlichkeit, jedenfalls unter differierenden Geschlechtern. Aber es sah ja niemand, und selbst wenn, hätte man lediglich einen jungen, in der Blüte seiner Ausgewachsenheit stehenden Mann erblickt, welcher eine orale Verbindung zu einer Eidechse herstellte, selbst in Griechenland kein Verbrechen. Doch was rede ich, in dem Moment, in dem sich ihre Lippen berührten, sagt man bei Eidechsen eigentlich Lippen?, im selben Moment nämlich küssten sich dort am Straßenrande nicht mehr Mensch und Reptil, nein, in jenem Moment, in dem die Münder Tirilis, der verzauberten Göttin der Warteschlange, und Pethoxenus, Sohn der Xykharta, aufeinandertrafen, verwandelte sich Pethoxenus ebenfalls in eine Eidechse, und beide huschten schnell weg.

Die Abendsonne war soeben hinter dem Olymp verschwunden.

Wie ich einmal in der Zeit verschwand

Ich habe so immer meine Probleme mit dem Du und dem Sie. Also dem Sagen. Wie spreche ich einen Menschen an, den ich nicht kenne? Bei einem offensichtlichen Ausländer sage ich ja meistens Sie, weil ich ein Gutmensch bin und ihm Respekt erweisen will. Dabei ist auch das schon wieder Diskriminierung, denn wie erkenne ich überhaupt einen offensichtlichen Ausländer? An der Hautfarbe? Das würde ja bedeuten, dass ich die letzten 50 Jahre in einer Tiefkühltruhe verbracht hätte, in gefrorenem Zustand, um die Zeitspanne meines Lebens zu verlängern.

Nein, nein, Hautfarbe ist kein Kriterium mehr. Ich könnte natürlich auch gleich zu allen Menschen Sie sagen, also zu allen, die mir das Du noch nicht angeboten haben, und damit ihnen allen, also allen Menschen weltweit, Respekt erweisen. Hat mir eigentlich meine Mutter je das Du angeboten? Und mein Vater? Lebt der noch? Außerdem packe ich das einfach nicht, dazu bin ich zu sehr Alt-68er. Für mich ist Du-Sagen immer noch cool, oder vielmehr locker. Lässig, wie wir Alt-68er gerne sagen. Ausdruck einer kulturellen, einer soziopolitischen Befreiung. Die neue Zeit, Alta! Brüder und Schwestern! Freie Liebe! Haste mal 'n Joint? MDMA, soso. Kann man das rauchen? Nein, wer Sie sagt, sagt auch Sieg Heil, oder zumindest Seine Exzellenz. Wobei, Seine Exzellenz finde ich im Prinzip schon wieder ganz lustig. Oder auch gnädiges Fräulein, das finde ich auch gut. »Gnädiges Fräulein, weißt du zufällig, wo es hier zur nächsten Klapsmühle geht?« Klapsmühle, auch so ein schönes Wort, oder? Klaps. Gemahlener Klaps. Was soll das denn bitte schön sein? Kann man das essen? Oder wurde die Mühle vielleicht mit Klapsen angetrieben? In Gegenden, wo es weder Wind noch fließendes Wasser in ausreichender Menge gab? Könnte man jetzt bei Wikipedia nachgucken, natürlich, aber mach ich nicht. Wer bei Wikipedia nachguckt, ist langweilig und ein Streber. Und Streber sind genauso schlimm wie Petzen. »Petze, Petze ging in' Laden, wollt für'n Sechser Käse haben, Käse, Käse gibt es nicht, Petze, Petze ärgert sich.« Ein Spruch, der zu einer Zeit entstanden sein muss, in der das Angebot noch nicht so üppig gewesen sein kann wie heutzutage. DDR? Hat man sich mit diesem Spruch vielleicht über inoffizielle Mitarbeiter des Ministeriums für Staatssicherheit lustig gemacht, damals? Wobei es ja auch heutzutage Läden gibt, durchaus, in denen man keinen Käse bekommt. Spielzeugläden. Läden für Bürobedarfsartikel, Sexshops.

Hihi, stelle mir gerade vor, wie ich so einen Erotik-Fachmarkt betrete, mit den Worten: »Gnädiges Fräulein, ich hätte gern für einen Sechser Käse.« Dazu müsste ich natürlich gekleidet sein wie König Drosselbart persönlich, mit entsprechender Gesichtsbehaarung und sie freundlich anlächeln. Und auf meiner Stirn müsste eine Tätowierung prangen. Fünf Buchstaben. Ein P, ein E, ein T, ein Z und ein E. Im Übrigen, kleiner Exkurs, ist »Petze« eigentlich von diesem Meister abgeleitet? Von diesem Bär? Die Frau vom Bär? Die Frau von Meister Petz? Und müsste sie nicht heutzutage dann korrekterweise Petzin genannt werden? Also wenn sie weiblich wäre? Petz und Petzin?

Na, jedenfalls blieben der Sexshop-Angestellten lediglich zwei Möglichkeiten. Entweder dafür zu sorgen, dass ich erführe, wo es auf schnellstem Wege zur nächstmöglichen Klapsmühle ginge, oder mich zu heiraten.

Arm in Arm verließen wir den Pornoladen, soll doch ruhig jemand in die Kasse greifen, ist nur Geld, und machten uns auf, hinaus in die Welt, gegen Drachen kämpfen, gegen Windmühlenflügel oder irgendetwas anderes Schönes. Ich würde ihr das Sie anbieten und sie mich dafür über die Schwelle tragen, denn das bringt Glück. Und wenn wir nicht gestorben sind, dann lieben wir noch heute.

Ich und mein Sohn, mein Sohn und ich

»Ich habe gar nicht schlafen können«, sagte mein Sohn nachmittags halb drei, sich in seinem Bette wälzend, »weil ein Tier sich an meinem Bauch festgekrallt hat.« »Was für ein Tier?«, fragte ich. »Na, hast du denn gar nicht gehört, wie ich nachts aufgestanden bin, mehrmals?«, ging er erst gar nicht auf meine Frage ein. »Was für ein Tier?«, wiederholte ich beharrlich. »Zuerst hat es sich an meinem Bauch festgekrallt, und als ich es wegscheuchte, an meinem Bein. Das war voll eklig.« »Du hast geträumt. Steh auf, schick deine Bewerbung ab, du faulenzt zu viel. Das bekommt dir nicht. Du musst arbeiten gehen. Etwas Sinnvolles schaffen, nützlich sein, dann geht es dir besser.«

Du meine Güte. Was sprudelte da aus meinem Munde? Waren das tatsächlich meine Worte? Hatte ich das gesagt? War ich denn nun komplett verrückt geworden? Übernahm der Kalk die Macht in meinem Gehirn?

Natürlich, er war 19 mittlerweile, fast schon 20, und er hing ständig in seinem Zimmer ab und lüftete nie, es stank erbärmlich. Und keine Freundin in Sicht, die daran etwas ändern würde, aber na und? Ging ich nicht ständig für das »Recht auf Faulheit« auf die Straße? Hatte ich nicht jahrzehntelang gekämpft, für ein Leben ohne Zwang? Mich mutig den Wasserwerfern entgegengestemmt? Ein selbstbestimmtes Leben, wie oft war ich dafür von den Schergen des Systems verprügelt worden? Mit Gummiknüppeln, mit Teleskopstangen hatten sie auf mich eingedroschen. Unzählige Narben legen beredt Zeugnis ab. Meine Lungenflügel zerfressen vom Pfefferspray. Noch heute wage ich es nicht, mich in die Nähe elektrischer Geräte zu begeben, aus Angst vor Stromschlägen. Nichts hat mich brechen können, und nun dies!

Junge, Junge. Ich ging in die Küche und baute mir erst mal einen Joint. Erst mal einen durchziehen. Ordentlich einen durchziehen. Einen klaren Kopf bekommen. Abschalten. Ganz, ganz ruhig.

Ein Tier also. Vielleicht stimmte es ja? Vielleicht hatte sich tatsächlich ein Tier an seinem Bauch festgekrallt, in der Nacht? Es gab Ratten in dieser Gegend, unbestritten, Mäuse, Tauben, Ameisen, und neulich hatte ich mitten auf der Straße eine Katze gesehen, und Katzen suchen ja die Nähe von Menschen, ab und zu, das war bewiesen. Das hatten Forschungen ergeben, mit Langzeitstudien, von der Lügenpresse ignoriert, klar, nichtsdestotrotz unanfechtbar! Was, wenn sich in der Nacht wirklich eine verschlagene Katze an seinem Bauch festgekrallt hatte? Und jetzt glaubte ihm niemand, nicht mal sein eigener Vater.

Gab es da nicht mal so einen Film, an dessen Ende alle tot waren, also fast? Ich schaute mich in der Küche um. Wo könnte sie reinspaziert sein? Katzen sind ja in der Lage, sich durch winzigste Öffnungen zu zwängen, Rohre von lediglich 2,5 cm Durchmesser … oder waren das Ratten? Das heißt zumindest: Säugetiere in großer Anzahl könnten nachts hier unbemerkt eindringen und noch vor dem Morgengrauen sich wieder verkrümeln. Und in der Zwischenzeit krallen sie sich an unseren Bäuchen fest, und nur die Sensiblen unter uns kriegen das überhaupt mit. Und sensibel war mein Sohn, das stand außer Frage, er aß ja nicht mal Käse. Er hatte noch nie Käse gegessen. Wir hatten eine Wette laufen mit ihm, dass, wenn er bis zu seinem 18. Geburtstag keinen Käse äße, dann bekomme er … irgendwas. Ich weiß nicht mehr was. Hat er gewonnen, die Wette, aber wir wissen ja nicht mehr, um was es ging. Haben allerdings auch kein schlechtes Gewissen, weil, er hat ja auch schon so oft Gutscheine verschenkt, zu Geburtstagen, und die dann gar nicht eingelöst, also oft. Da sind wir quitt, sozusagen.

Ich habe ihm dann übrigens doch geraten, die Bewerbung nicht abzuschicken. Er ist ja noch so jung. Er hat noch so viel

Zeit. Soll ruhig erst mal überlegen, auf was er so Lust hat, der Racker. Träumen. Warum nicht ein Träumer werden? Oder sich einen Käfig bauen, ans Bett, in dem man sicher ist. Wie man das macht, steht bestimmt im Internet, und wie man ins Internet kommt, das weiß ich, das weiß er.

Das lustige Dreieck versuchte die Krebs-Diagnose mit Humor zu nehmen. Es verkleidete sich einfach als Prinzessin. Fiel ihm trotzdem schwer, fröhlich zu sein.

Rebellen auf Rädern

Das Wetter ist schön draußen. Sehr schön. Die Sonne scheint. Manche sagen, sie lacht, aber woher wollen die das bitte schön wissen, die manche? Als ob es der Sonne nicht am Arsch vorbeigehen würde, wenn irgendwo auf der Erde Wolken die Szenerie verdüstern oder Nacht herrscht auf der ihr abgewandten Seite.

Ich habe die Gardinen zugezogen und puste eine Plastetüte auf. Knall! Sie zerplatzt. Das ist lustig. Ist zwar niemand da, der sich erschreckt, trotzdem lustig. Meine Freundin werkelt im Keller an ihrem Motorrad herum. Der Auspuff ist kaputt. Sie bastelt einen neuen Auspuff ran, denn im Sommer, da wollen wir mit dem Motorrad nach Spanien, um Drogen zu verticken. Wir sind nämlich bei den Hells Angels. Beide. Letzte Woche eingetreten. Sind noch Anwärter. Müssen die Drecksarbeit verrichten. Drogen eben und Türsteher im Rotlichtmilieu. Diverse Handlangerdienste, Lehrjahre sind keine Herrenjahre. Viele behaupten ja, als Frau dürfe man bei den Hells Angels gar nicht mitmachen, aber das war einmal, wenn überhaupt. Die Zeiten haben sich geändert, der Ehrenkodex zerfällt. Heute besitzen ja die meisten nicht mal mehr einen Motorradführerschein. Viele Migranten sind jetzt dabei, Fußballfans, Frauen. Die Szene ist härter geworden. Nicht mehr nur Kleinkriminalität, nein, es geht auch um Geld, viel Geld. Da ist Sentimentalität fehl am Platze. Wie gerne würde ich ab und zu im Park spazieren gehen, Hand in Hand mit meiner Freundin, sie in den Arm nehmen, ihr einen Kuss geben, verliebte Blicke zuwerfen, streicheln, im Geäst turteln schnatternde Enten. Doch das geht nicht. Man muss auf der Hut sein. Jederzeit könnte ein Bandido auftauchen und

Gemeinheiten sagen. Oder schlimmer. Die haben ja auch Gewehre, automatische Gewehre. Wer schneller zieht, lebt länger. Das ist nun mal so. Da darf man seine Augen nicht vor zukneifen. Ich habe ja auch eine Waffe und meine Freundin auch. Eine Hauff & Henkler. Sieben Schuss die Minute. Die macht Löcher, richtig große Löcher. Die macht aua. Aua, aua, aua! Noch mussten wir sie nicht benutzen, aber die Zeit wird kommen, da machen wir uns nichts vor.

Rudi ist ja unser Boss. Rudi, der sich bei uns Larry nennt. Is so'n Großer. Mit überall tätowiert. Der kann auch ganz lieb sein, spielt in seiner Freizeit Klavier, aber wenn ihm einer blöde kommt, oh, oh, dann möchte ich lieber nicht vor Ort sein. Man sagt, Larry hätte mal mit seiner bloßen Hand eine Kartoffel zerquetscht. Sieben Jahre hat er gesessen. In Stammheim. Eigens für ihn wurde das Gefängnis erbaut. Heute dagegen genießt er Kontakte bis in die höchsten Kreise hinein. Politiker, CDU, SPD, Grüne, die fressen ihm alle aus der Hand. Es heißt, er persönlich kontrolliere die gesamte Türsteherszene im Bundeskanzleramt. Halte ich allerdings für'n Gerücht. Außerdem wenn, dann dürfte ich es hier gar nicht sagen, denn in der Öffentlichkeit dürfen wir nichts sagen. Es gilt äußerste Verschwiegenheit. Wir dürfen ja nicht mal unseren Eltern etwas sagen. Auch nicht, wo wir sind. Das dürfen wir auch nicht sagen. Wenn wir zum Beispiel nach Spanien fahren, dann dürfen wir unseren Eltern auch nicht sagen, dass wir in Spanien sind. Weil, es könnte ja sein, dass sie sich unsere Eltern vorknöpfen, und die haben ja keine Spezialausbildung absolviert, die würden sicher weich werden, die würden plaudern, spätestens unter Folter. Waterboarding, Streckbank, Electroshocking, da gibt es ja Möglichkeiten, diverse Möglichkeiten. Unsere armen Eltern! Die wissen ja nicht, wie man sich in so einem Falle verhält. Die haben ja nicht gelernt, dass man sich selber die Zunge abbeißen kann. Man muss die ganz weit rausstrecken, die Zunge, selbstverständlich so, dass der Vernehmer es nicht sieht, in einem geeigneten Augenblick, wenn der gerade woanders hinguckt und dann, zack, Oberkiefer und Unterkiefer, guillotinemäßig zuschnappen lassen. Ist ganz einfach, aber das sagt sich so einfach, macht das erst mal, bevor ihr euch über welche lustig macht, die sich nicht trauen. Das blutet ja auch. Ist ja eine Wunde, eine offene Wunde. Zwar im Mund drin, trotzdem. Weiß gar nicht, wie das jetzt ist, wenn man Vegetarier …? Ob man das Blut von sich selber trinken darf? Aber bei den Hells Angels ist sowieso keiner Vegetarier. Obwohl, mittlerweile? Der Ehrenkodex, wie gesagt, ist am Zerfallen. Auch welche aus der Friedensbewegung sind dabei, mittlerweile, Fahrradfahrer, Männer, die Frauenkleider anziehen. Finde ich übrigens voll okay. Ich zieh ja auch gerne Frauenkleider an. Darf nur meine Freundin nichts von wissen. Die wundert sich sowieso schon immer, warum ihre Kleider ständig so ausgeleiert … Die wird bestimmt wütend, wenn die das erfährt, und wenn die wütend wird, die ist ja ebenfalls tätowiert. Ein Schneeglöckchen, auf dem Fuß. Rechts oder links, weiß ich jetzt nicht mehr genau, würde mich jedenfalls nicht wundern, wenn sie ebenfalls Kartoffeln zerquetschen kann, die sitzt ja auch vorne auf dem Motorrad, ich habe ja überhaupt keinen Führerschein, der Ehrenkodex, wie gesagt, voll am Zerfallen. Trotzdem, muss sagen, schon geil, so als Höllenengel, die Freiheit, die Landstraße, Haare wehen im Wind, welcher einem wild um die Nase wütet, und keiner kann dir was, man ist noch Mann, ein richtiges Tier. Fuck off, Gesellschaft!

Ach, ich puste einfach noch so 'ne Plastetüte auf. Ist doch lustig.

Nachdenklichkeit,
Geißel
der Menschheit

Mit Absicht

Beim Nasenhaarerausziehen hält es sich schön die Waage. Ein dunkles Haar, ein weißes Haar, ein weißes Haar, ein dunkles Haar.

Ich solle mehr Geschichten erzählen, riet mir neulich ein Kollege, das würde ansonsten so zerfasern bei mir.

Graue Haare gibt es ja gar nicht. Es gibt nur die mit der eigenen Haarfarbe und eben weiße, und das Grau entsteht durch die Mischung von beiden, da spielt uns das Auge einen Streich, oder die Augen, so wir noch zwei besitzen.

Eine Krähe hackt der anderen kein Auge aus, das ist ein Spruch. Ich weiß nicht mehr, was er bedeutet, aber Krähen sind sehr kluge Tiere. Sie lassen aus hoher Höhe Benzinkanister auf die Straße fallen und wiegen sich in Schadenfreude, sollten diese zerbersten und die Autos an den Ampeln beim Anfahren mit ihren Sommerreifen, Winterreifen benötigt sowieso keiner mehr, in den Lachen ins Rutschen geraten.

Schadenfreude empfinden ja nur schlaue Wesen. Besonders Japaner lachen sich häufig schlapp, läuft jemand desorientiert vor eine Laterne oder fällt in ein Loch. »Erst lachen, dann den Krankenwagen rufen« ist ein altes japanisches Sprichwort. Wir Deutschen empfinden übrigens genauso, nur trauen wir uns nicht, dies auch zu zeigen. Wir sind immerzu ängstlich, alleine, nur in der Masse sind wir stark, da lachen wir gerne oder überfallen andere Länder. Ich weiß, das haben wir schon lange nicht mehr getan, die längste Friedenszeit seit ewig in Mitteleuropa, da zählen manche ja mit.

Warum ausgerechnet bei mir so viele Nasenhaare wachsen? Keine auf der Brust, keine auf dem Rücken, aber in der Nase.

Na prima! Und im Ohr. Aber nur in einem Ohr. Da wächst ein langes, geringeltes Haar. Das habe ich schon fünfmal mindestens rausgezogen, aber es wächst immer wieder nach. Vielleicht ist es auch ein anderes Haar. Sicher ist es ein anderes Haar, das gleiche kann es ja nicht sein, ein Haar ist ja kein Hut, welches man abnimmt und wieder aufsetzt.

Hutmode scheint irgendwie auch völlig aus der Mode. Vielleicht weil es immer windiger wird? Halb England ist ja neulich fortgeweht worden, die Küsten abgebrochen und dann auch noch Wasser eingedrungen, logisch, wenn die Küste weg ist, obwohl, Wasser findet ja immer seinen Weg, das ist ebenfalls so ein Spruch, die Frage ist nur, wo will das Wasser hin? Verfolgt das Wasser einen Masterplan?

Wäre von Vorteil für uns, den zu kennen. Andererseits besitzt Wasser ja kein Gehirn, mit dem es denken könnte. Vielleicht fließt es einfach nur dahin, wohin man es fließen lässt? Zuckt mit den Schultern? Kann nichts dafür?

»Wasser lassen« sagt man ja, man lässt Wasser. Als ob wir die Macht über das Wasser hätten. Bis zu einem gewissen Grad ist das sicher sogar der Fall, aber eben nur bis zu einem gewissen Grad. Wer einmal dringend pullern musste, während eines wichtigen Beziehungsgespräches, der wird mir da zweifellos beipflichten. »Du hörst nie richtig zu!« »Doch, doch, Schatz. Ich geh nur kurz aufs Klo.« »Wenn du jetzt gehst, brauchst du auch gar nicht erst wiederzukommen!« »Aber ich muss mal.« »Ich, ich, ich, bei dir geht's immer nur um dich!«

Und schon bleibt man sitzen, was es aber auch nicht besser macht, denn die Konzentration wird von nun an vom Wasser gebunden. Und selbst wenn du überall zustimmst, damit es schneller geht, ihr wird das nicht genügen, sie will etwas anderes, was du nicht verstehst, und dass sich ein dunkler Fleck in deinem Schritt bildet, fasst sie lediglich als Provokation auf. »Es ist doch immer dasselbe, immer wieder dasselbe! Absicht, alles Absicht!«

Wäre ich eine Krähe und könnte mich sehen, in der vollgepullerten Hose, alleine, auf dem Sofa, ich müsste lachen und würde danach einen Krankenwagen holen, ich würde es zumindest versuchen.

Zwiegespräche mit Gott – heute: Geschichte light

A: Na Gott.

G: Na.

A: Na, der berühmtiste Halbsatz der deutschen Jeschichte, Gott?

G: Halbsatz? So wat Halbgarit meinste?

A: Nee. Der berühmtiste Satz, der nich zu Ende jesprochen worden is. Also, issa ja einklich schon, aba dit Ende hat ja keena mehr jehört. Jedenfalls nich die, an dia jerichtit worden wah.

G: Meinste hier olle Schabowski: »Nach meiner Kenntnis tritt das sofort, unverzüglich, in Kraft«?

A: Dit is doch keen Halbsatz, Gott.

G: Kommt druff an. Wenna noch neun Wörta mehr jesacht hat, in den Satz, die keena mitjekricht hat, denn schon, denn soja ziemich jenau, zumindist wenn die Wörta 'ne ähnliche Länge jehabt ham wie die ersten neun Wörta, dia jesacht hat.

A: Der Satz hat 'n Punkt, Gott.

G: Hatta dit?

A: »... tritt das sofort, unverzüglich, in Kraft« Punkt!

G: »Punkt« hatta aba nich jesagt. Zumindist hattit keena mitjekricht, ditta dit jesacht hat.

A: Wer, Gott, wah der letzte Minista eina deutschen Regierung, der Mitglied inne NSDAP jewesen is?

G: Adolf Hitla?

A: Falsch. Der wah außadem keen Minista. Mann, Gott!

G: Nee?

A: Nee.

G: Denn vielleicht ... hmm, Schabowski kannit nich jewesen sein, zu jung, Merkil scheidit ooch aus, die wah keen Minista ...

A: Sondan Ministerin, richtich! Hans-Dietrich Genscha, Gott, Hans-Dietrich Genscha wah der letzte Minista eina deutschen Regierung, der Mitglied inne NSDAP jewesen is. Und jenau von diesen Hans-Dietrich Genscha stammt ooch der berühmtiste Halbsatz der deutschen Jeschichte, wemman den Aussagen eina Tagesthemen-Sprecherin trauen dahf.

G: Nu sach schon.

A: Ainnaste dir, als der uffin Balkong stand?

G: 1918?

A: 1989, Gott. In Prag. Inne westdeutschen Botschaft.

G: Inne Botschaft der Bundisrepublik Deutschland, meinste?

A: Is doch ditselbe. Ainnaste dir?

G: Wollta sich da umbring, etwa?

A: Nee. Er wär fast jestorben, dit schon, lag aba dadran, ditta kurz vorher 'n Herzkaspa jehabt hat. Ihn jings nich so jut. Er hatte Herz-Rüttmus-Störungen. Aba dit wollta sich absolut nich nehm lassen, ditta da von Balkong runta ...

G: ... den berühmtisten Halbsatz deutscha Jeschichte ...

A: »Wir sind zu Ihnen gekommen, um Ihnen mitzuteilen, dass heute Ihre Ausreise ...« so weit issa jekomm, Gott.

G: Denn brach der Balkong ab.

A: Nee. Der Rest jing in Jubil unta.

G: Von die Abjeschobenen?

A: Von die Flüchtlinge, die außin Osten in Westen wollten. Sag ma Gott, du scheinst dir ja echt nich die Bohne für Jeschichte zu intressiern, wa?

G: Meinste, ick kann mir allit merken?

A: Wah aba wichtich, Gott. Dadurch is die SED jestürzt worn.

G: Sacht wer?

A: Sagen se alle, Gott. Früa habick ja ooch imma jedacht, dit sei durchs Neue Forum und die Montachsdemonstratjonen und weil inne Sowjetunjon Glasnost und Perestroika ..., aba neuiste Forschungen ham wohl ajeben, dit Kohl und Genscha und die mutijen Flüchtlinge ...

G: Hmm. Und die Nazis sind nur deswejen anne Macht jekomm, weil Hitla sein Studjum der Malerei vaweigat wurde, wa?

A: Du imma mit deine Nazis, Gott. Tschüss Gott.
G: Tschüss du.
A: Ach, Gott?
G: Ja?
A: Willste denn nich wissen, wie der berühmtiste Halbsatz der deutschen Jeschichte weitajing?
G: Kommt noch 'ne Poenkte?
A: Nich direkt, nee.
G: Denn nich.

Das Spinnennetz

Als ich neulich den Telefonhörer abnahm, war da eine Frau dran, die fragte, wo sie gelandet sei. Da habe ich geantwortet, das wisse ich auch nicht, ich sei ja hier lediglich am Telefonapparat, also ganz woanders und ob vielleicht rings um sie herum Wasser sich befände, dann könnte es möglich sein, dass sie auf einer Insel wäre. Woraufhin sie schallend lachte, was ja eher dafür sprach, dass sie im Gebirge gelandet war, in einem engen Tal, mit steilen Felswänden links und rechts. Aber warum lachte sie dann?

Verstand ich nicht. Es gab ja wieder Wölfe, in manchen Gebirgen, und klar behaupten diverse Tierschützer immer, die wollten gar nichts von uns, nur spielen, und es sei doch bloß ein Märchen, vom bösen Wolf, aber kennt man ja, mit diesen Experten, die fungieren ja eher als Beruhigungspillen. Die haben schließlich auch jahrelang behauptet, hinten aus den Flugzeugen kämen nur harmlose Abgase raus. Machten sich lustig über Menschen, die ihren Kopf mit Aluhüten schützten. Oder diese Klimaexperten, die uns das Autofahren vermiesen wollten, und dann stellte sich raus, ist alles ganz natürlich, mit der Katastrophe, liegt eher an der Sonne und den Wolken und war schon immer so, dass das Wetter verrücktspielt. Da darf man ja auch mal fragen, wer verdient eigentlich daran? Und dann sieht man's nämlich: die ganzen Solarzellen, ja. Ist euch mal aufgefallen, wo schon überall Solarzellen zu finden sind? Und ist euch mal aufgefallen, dass die überhaupt gar nichts bringen? Ein Atomkraftwerk zum Beispiel, ein herkömmliches Atomkraftwerk, erzeugt wesentlich mehr Strom als alle Solarzellen auf der ganzen Erde zusammen. Und kein

Mensch weiß, wie man diese Solarzellen mal entsorgt. Das ist nämlich ein Problem. Die kann man nämlich nicht einfach unter die Erde, so Loch buddeln und dann Schippe Sand drauf, nee, das ist Sondermüll. Die sind gefährlicher als Uranbrennstäbe, nur eben viel teurer und absolut wirkungslos. Aber das sagt natürlich niemand. Weil das nämlich nicht bezahlt wird, deswegen gibt es da auch keine Experten, für diese Wahrheit. Oder noch irrer: Windräder. Die töten sämtliche Vögel! Aber die Experten bauen lieber Froschtunnel, für die Frösche, damit die Störche die nicht finden und schon vorher an Hunger krepieren, bevor sie von einem Windrad geschreddert werden. Und dann heulen sie, darüber, dass wir keine Kinder kriegen. Wer aber soll die Kinder denn bringen, wenn nicht der Storch? Deswegen fluten sie uns dann mit Ausländern, dabei ist gar kein Krieg, wo die herkommen. Das sagt ja auch keiner, weil das keiner sagen darf, weil man sonst mundtot gemacht wird, mit DDR-Methoden oder schlimmer.

War eigentlich schon mal jemand dort, ich mein, außer diesen Experten jetzt? Ich nämlich war bereits in Marokko, und da war überhaupt kein Krieg! Da war sogar das Wetter schöner, und alle lagen faul am Strand. Selbst wir!

Ja. Muss man auch kritisch mal auf sich selber gucken, ob man sich noch sieht überhaupt, im Spiegel. Ob man sich noch ins Gesicht gucken kann. Oder ob man vielleicht eine neue Brille benötigt, oder einen neuen Spiegel. Oder zum Arzt muss.

Ich jedenfalls hab mich nicht impfen lassen, trotz dieser Staatsanweisung und diverser Expertenmeinungen und obwohl die Flüchtlinge jetzt die ganzen Krankheiten mitbringen. Aber man weiß ja nicht, was sie einem da wirklich impfen. Ist doch merkwürdig, dass es immer mehr Krebs gibt und auch immer mehr Ausländer, aber den Zusammenhang, den sieht niemand, weil der Zusammenhang, weil der nicht korrekt ist, der Zusammenhang. Stattdessen wird uns das Fleisch madig gemacht. Aber Maden, Maden sollen wir plötzlich essen. Ich mein, hallo! Geht's noch?! Eiweiß, ja, die große Eiweiß-Lüge, wie damals beim Spinat. Und dann wurden alle schwul, in den Siebzigern, und Katar bekam die Fußball-WM. Geht denn da niemandem ein Licht auf? Sieht denn da keiner den Zusammenhang? Das ist doch alles ein riesiges Spinnennetz. Und die Experten sind die klebrigen Fäden, an denen man unweigerlich hängen bleibt, bevor man auf die Wahrheit stößt.

Ach, die Frau übrigens, die hatte sich verwählt. Also verwählt, nun ja, wer's glaubt?!

Das Wunder von Berlin

Berlin. Man kennt diese Stadt. Zumindest glaubt man sie zu kennen. Idyllisch an der Elbe gelegen, sanft pfeift der Wind. Im Sommer satte 30 Grad, im Winter blinken die Nordlichter. Millionen Touristen, jedes Jahr, rollen heran, mit ihren Rollkoffern, auf der Suche nach Fun, Fun, Fun. Fahren mit der U-Bahn, radeln mit dem Drahtesel, erkunden die Metropole im märkischen Sand.

Auf, auf zum Reichstag, von welchem Karl Liebknecht 1914 die sozialistische Volksrepublik ausrief, in dessen Innern die Mendelschen Gesetze beschlossen wurden, gegen die Stimmen der NSDAP übrigens, hin zum Biesdorfer Schloss, Hort der größten Fledermauspopulation Europas, mit 1a-Autobahnanschluss, Achtung, es gilt Rechtsverkehr! Das Nachtleben lockt, die Samba-Clubs, die Sauna-Clubs, die Tankstellen. Ja, hier kann man auch um 4 Uhr früh noch einkaufen. Bei McDonald's. Zum Beispiel: Kaffee.

Der Berliner Kaffee gilt ja als das eigentliche Wunder von Berlin. Von Natur aus nicht so stark, steht er stundenlang in der Kanne rum, auf einer Aufwärmplatte, bis er schön eingedampft ist und somit sein sprödes Aroma voll entfalten kann. Gerne wird er lauwarm getrunken, Plörre sagt der Eingeborene dazu oder auch Drecksplörre. Schlupp, aus dem Plastedöschen ein Tröppken Sahne mit rein oder auch Zucker … der Berliner liebt Zucker, genau wie Salz und Brot. Jeder Gast, schafft er es mal in eine Berliner Wohnung, anderthalb Zimmer, Klo verstopft, wird mit Brot und Salz empfangen, begrüßt, könnte man sagen. Alter Brauch. Man muss allerdings alles aufessen, sonst wird der Berliner böse, wegen der Kinder in Afrika. Der Berliner, oder auch die Berlinerin, zu erkennen an Sonnenbrille und Kaugummi im Mund, ist nämlich sehr international, solidarisch, umweltbewusst, sehr friedliebend, sehr tolerant und sehr kinderlieb eingestellt. Deshalb bitte alles aufessen, immer! Sonst kann er nämlich ungemütlich werden, leicht ausrasten und haut dann mit der Bratpfanne oder mit dem Bügeleisen oder dem Klammerbeutel, dem gepuderten. Manchmal, sehr selten, aber kommt vor, haut er mit allem zu, was er finden kann. Ganz, ganz selten ganz ohne Grund. Das kommt aber wirklich nur ganz selten vor. Oft ist das Wetter dann schuld, oder die Medien sind es. In Berlin gibt es ja sehr viele Medien. Fernsehen, Internet, Zeitungen. Obdachlosenzeitungen. Die sind sehr billig.

Berlin ist ja die billigste Stadt der Welt, oder zumindest Europas. Man kann hier für 'n Appel und 'n Ei wohnen. Appel heißt auf Berlinerisch Apfel und Ei heißt Ei auf Berlinerisch, aber der Berliner meint damit keine Lebensmittel, siehe Kinder in Afrika, nein, der Berliner umschreibt damit ein geringes Entgelt. Eine Wohnung bekommt man in Berlin bereits für tausend Mark, das sind tausend Euro oder zwölf Schweizer Franken. Und dafür kann man eine ganze Wohnung kaufen, oder auch ein Haus. Das ist kein Problem in Berlin. Das nennt man: das Wunder von Berlin. Es gibt auch andere Wunder in Berlin. Zum Beispiel den Flughafen. Es gibt ja zwei Flughäfen in Berlin. Aber das ist damit nicht gemeint. Es ist unklar, was damit überhaupt gemeint ist. Guten Gewissens aber darf man Auswärtigen empfehlen, nie, wirklich nie, zum Flughafen zu wollen. Dann kommt man vielleicht mal hin. Zufällig. Aber wenn man dahin will ... keine Chance! Vor allem von Fragen würde ich dringend abraten: Fragt man einen Berliner, oder eine Berlinerin, zu erkennen an tellergroßen Sonnenhüten und Tiermasken, nämlich nach dem Weg, wird man immer genau in die entgegengesetzte Richtung geschickt. Das nennt der Berliner: Humor. Und wenn der Berliner, oder die Berlinerin, zu erkennen an ihrem strengen Geruch, etwas hat, dann ist es Humor! Das Wunder von Berlin ist eigentlich, dass der Berliner, obwohl er so viel Humor hat, nie lacht. Lachen gilt in Berlin als provinziell. Muss der Berliner, oder die Berlinerin, zu erkennen an Brüsten und fehlendem Glied, tatsächlich mal lachen, geht er hinunter, in seinen Keller. Mutmaßungen, dass es im Zentrum von Berlin sehr viel lustiger zugehe, weil man kaum Berliner auf der Straße sehe, führen aber in die Irre. Berliner, allgemein, meiden das Zentrum. Das hat mit der Religion der Berliner zu tun. Die Berlinerin, oder auch der Berliner, zu erkennen an Glied und fehlenden Brüsten, glaubt nämlich an nichts und damit auch nicht an das Zentrum. Deshalb redet man in Berlin von der »Stadt der tausend Dörfer«, obwohl es in Wirklichkeit keine tausend Dörfer sind. Es sind 30 oder so. Nein, im Zentrum tummeln sich fast ausschließlich Zugereiste, vollkommen ohne Humor, aber mit anderen Fähigkeiten ausgestattet. Sie können kochen, backen, freundlich sein, kriegen was auf die Reihe, weisen Menschen den Weg und wählen ihre Kleidungsstücke nicht nur danach aus, was grad oben liegt, im Regal. Den Berliner, und das ist das eigentliche Wunder von Berlin, stört das nicht die Bohne. Er mag Auswärtige. Mehr als Bockwurst. Als die deutsche Bundesregierung von Bonn nach Berlin zog, feierten sämtliche Berliner drei Tage und drei Nächte ununterbrochen, im Garten. Oder sie guckten sich's im Fernsehen an. Oder gingen mit ihrem Hund raus.

Kommst du also nach dort, so achte darauf, denke an alles, was wichtig ist, Zahnbürste, Wechselschlüpfer, Desinfektionsmittel, und verhalte dich still, beobachte aufmerksam jedes kleinste Detail, dann wirst du es entdecken, das Wunder von Berlin. Als Erster vielleicht, oder Erste, je nachdem.

Was wir wirklich wollen

In der Fehrbelliner Straße, auf der einen Seite, also wenn man über die Kastanienallee rübergeht, steht eine Platane, eine riesengroße Platane, ein Ahornbaum, und der ist hohl innen, vollkommen hohl. Wird wahrscheinlich bald umfallen, genau wie alle anderen Platanen. Die sind nämlich auch alle hohl. Ein einziges Kommen und Gehen. Kommt Wind, doller Wind, geht es los, und der Baum fällt um. Kracht auf ein Auto, und dann ist das Geschrei groß. Zahlt die Versicherung? Wahrscheinlich ja, aber der ganze Papierkram. Das ist ja mit jeder Menge Papierkram verbunden. Man muss beweisen, dass es das eigene Auto ist, und die Original-Kaufunterlagen schicken, und dann muss man eine Entschuldigung schreiben, warum man keine Garage hat und auch, ob man kinderreich ist oder allergisch oder so. Manchmal frage ich mich wirklich: Wozu? Wozu wollen die das wissen? Es spielt doch wirklich überhaupt keine Rolle, dass man Asthma bekommt, wenn man mit Eichhörnchen-Shampoo badet, das hat doch mit dem kaputten Auto nicht das Geringste zu tun.

Ein Mercedes übrigens. Älteres Modell. Noch mit Kupplung vorne. Das kriegt man so leicht nicht wieder, höchstens vielleicht in der Ukraine, über zweite Hand. Das hat man extra im letzten Sommer noch mal richtig schön auf Hochglanz gebracht. Die Scheibenwellen gewechselt, Hubraum poliert und die Original-Heckbremsen, die hat der Schwager eigenhändig eingebaut, in seinem Urlaub, der hat seinen gesamten Jahresurlaub dafür geopfert, das zahlt einem ja niemand, keine Versicherung der Welt, das lässt sich doch nicht in Heller und Pfennig auswiegen. Aber hilft nichts. Ist futsch, das

Auto. 1.000 Mark wird man wohl für kriegen, höchstens, oder 8.000 Mark. Aber krieg mal für 8.000 Mark heute ein Auto!

Leider, durch die Haushaltssperre in den 90er Jahren sind ja die Baumbohrungen fast vollständig eingestellt worden. Arm, aber sexy. Willkommen in Berlin. Früher mussten ja sämtliche Straßenbäume regelmäßig von professionellen Baumbohrern geprüft werden. Jede Woche! Die sind da, jede Woche, mit Bohrmaschinen bewaffnet, losgezogen, ausgebildete Baumbohrer, Fachabitur, und dann wurde das gewissenhaft geprüft.

Man merkt das ja, ob so ein Baum hohl ist. Also nicht wir jetzt, wir merken das nicht. Das sieht man so einem Baum ja nicht an, also nicht sofort. Der ist ja trotzdem noch grün. Blätter und so. Kastanien. Alles noch dran. Oder Eicheln oder anderes Gemüse, kommt auf die Baumart drauf an. Auch wenn man klopft. Man kann ja auch klopfen. Am Stamm, vom Baum. Aber für den Laien hört sich das alles genauso an. Außerdem hört man ja überhaupt nichts, wegen des Verkehrslärms. Laster. Oder Kindergartengruppen. Die schreien ja irre viel rum, die Kinder, heutzutage. Die sind überhaupt nicht mehr erzogen, weil die Eltern sich nicht mehr durchsetzen können. Die schieben die ganze Erziehung auf den Staat ab, liegen lieber in ihrer sozialen Hängematte schön und machen dort Karriere, und die Erzieher im Kindergarten, die dürfen ja gar nicht mehr erziehen. Die werden ja sofort angezeigt, wenn sie mal zuschlagen. Stattdessen Montessori. Hört sich an wie ein Indianerhäuptling. Montessoris Rache. Hört sich an wie Dünnschiss.

Na, jedenfalls sollte man sich bei der Baumkontrolle nicht aufs Klopfen verlassen. Einfach mit der Bohrmaschine in den Baumstamm reinbohren, dann merkt man das sicher. Dann geht das erst mal schwer, wegen der Rinde, dann aber plötzlich ganz leicht und dann merkt man, hui, der Stamm ist hohl, innen. Und dann kann man den umhacken. Aber Vorsicht! Vorher die Straße absperren. So ein Baum, wenn der umfällt, das ist nicht zu unterschätzen. Viele gucken ja so hoch, zur Baumkrone, und sagen dann: »Na, pi mal Daumen, fünf Meter?« Dabei sind die Bäume im Durchschnitt 30 Meter hoch, in Berlin, und wenn die umfallen, dann fallen die manchmal noch viel weiter, und da hilft auch kein Helm.

Es gab ja schon Versuche, da hat man Arbeiter, einfache Arbeiter, Waldarbeiter, die hat man so mit Helm, einfach so da hingestellt und dann einen gewöhnlichen Baum auf die draufkrachen lassen, einen durchschnittlichen Baum. Da war der Helm kaputt, hinterher.

Lieber absperren also. Mit rot-weiß-rotem Sicherheitsband. Am besten noch ein Megaphon mitnehmen und die Mieter der anliegenden Häuser auffordern, schnellstmöglichst ihre Wohnungen zu räumen, im eigenen Interesse.

Wurde, wie gesagt, früher alles von der Stadt organisiert. Aber heute muss es ja natürlich sein. Vor allem natürlich. Heute ist der Baum dann eben alt und fällt um und soll am besten auch da liegen bleiben, weil im Totholz ja Käfer nisten, die für den Boden gut sind und der Boden fürs Klima und so weiter und von mir aus, kann schon sein, ich bin wirklich und wahrhaftig kein Klimagegner. Klima? Ich sag mal: Kann ich mit leben. Aber zu einer Stadt gehören nun mal auch Autos, und Autos müssen fahren, sonst sterben sie, und wenn nun aber überall auf der Straße Bäume herumliegen, hohle Bäume, Totholz, dann können diese Autos nicht fahren, dann kommen sie nicht durch, sie können weder hüpfen noch fliegen, sie sind dazu verdammt zu sterben, und mit ihnen stirbt ein Stück Kultur. Wollen wir das wirklich?

Der VW „Volk ohne Raum" war der erste Fünfsitzer aus dem Hause Wolfsburg, bei dem einer draußen sitzen musste

Der Beobachter

Die Krähen haben schon wieder den ganzen Park vermüllt. Oder Platz, manche sagen auch »Platz« zu dem Park. Ist ja auch ein Platz, ein Platz, auf welchem ein Park sich befindet. Ein Parkplatz könnte man sagen, wenn nicht der Begriff »Parkplatz« bereits durch eine andere Bedeutung okkupiert worden wäre.

Tüten, Plastebecher, Pizzakartons haben sie aus den Mülleimern gezerrt, in der Hoffnung, darin Schnabulierbares vorzufinden, welches sie dann wegpicken könnten. Haben sie wahrscheinlich auch gefunden, die schlauen Biester. Wenn man allerdings in ihre Augen guckt, in diese schwarzen Knopfäuglein, kann man sich des Eindrucks nicht erwehren, dass sie auch eine gehörige Portion Spaß daran empfinden, Unordnung zu verbreiten. Dazu noch dieses höhnische Gehüpfe und dieses kokette Kopf-auf-die-Seite-legen. »Na, wie gefällt's euch?«, scheinen sie zu denken. »Euer Müll, unser Vergnügen, euer Ärger.«

Ab und zu watscheln Tauben zwischen ihnen umher. Eine trägt einen weißen Fleck auf ihrem Kopf. Hat vielleicht eine Ururgroßmutter, welche Friedenstaube war, in ihrem Stammbaum. Auf jeden Fall fehlt ihr ein Fuß. Scheint sie aber nicht zu stören. Watschelt genauso schnell wie die anderen Tauben. Ob es auch eine blinde Taube gibt? Bestimmt. Torsten erzählte neulich, er hätte im Harz einen Nachbarn, Herrn Müller, der öfter mit seinem Luftgewehr auf Tauben schieße, weil die ihm immer die Regenrinne vollkackten. Vielleicht ist die mit dem appen Fuß ja aus dem Harz emigriert, ein Flüchtling, getürmt vor Müllerscher Gewalt, mit diversen Traumata, benötigt psychologische Hilfe?

Baumhaselnüsse gibt es auf dem Platz. Manchmal laufen Prominente drüber. Alfred Biolek habe ich bereits gesehen. Heike Makatsch. Sandra Schweinsteiger. Oder Maischberger, »Maischberger« heißt sie ja. Schweinsteiger ist ja diese andere, diese Frau von diesem Fußballer. »Wie geh'n die Gauchos, die Gauchos die geh'n so.« Weiß gar nicht, ob der da überhaupt mitgemacht hat. Eingängige Melodie übrigens. Schmissig. Wäre bestimmt ein Hit geworden, wenn sie es geschafft hätten, Weltmeister zu werden. Na, nächstes Mal. Oder sind sie gar Weltmeister geworden? Egal.

Ab und zu liegen auch Junkies auf dem Platz. Das ist für viele ein Problem, wegen der Spritzen. Dabei trinken die Eltern der Kinder, die auf dem Spielplatz herumtoben, auch gerne mal ein Glas Wein. *Wo ist da der Unterschied?*, könnte man fragen und würde wahrscheinlich Unmut provozieren. »Wir lassen unsere Weingläser ja schließlich nicht im Sandkasten liegen«, höre ich sie schon lamentieren, »und außerdem kann man sich an einem Weinglas keine unheilbaren Krankheiten wegholen.« Bla, bla, bla. Vielleicht haben sie recht? Sicher haben sie recht. Na und?! »Na und?« ist gut, oder? »Na und?« kann man eigentlich auf alles antworten. »Dreimal musste ich heut wieder umsteigen, und dann war die S-Bahn dermaßen voll.« »Na und?« »Die Griechen werden es nie schaffen, einen ausgeglichenen Haushalt zu präsentieren.« »Na und?« »Du hast nichts gelernt, frisst die ganze Zeit nur aufgewärmte Tiefkühlscheiße in dich rein, und wenn man fragt, wie du dir deine Zukunft vorstellst, zuckst du mit den Schultern.« »Na und?«

Genial. Absolut genial! »Na und?« ist einfach der ultimative Abschluss eines jeglichen Gespräches. Signalisiert: *Rede ruhig. Geht hier rein, da raus*. Wenn alle immerzu »Na und?« gesagt hätten, weltweit, zu jeder Zeit, es hätte definitiv nie einen Krieg gegeben, kein Mensch wäre jemals verfolgt worden. Okay, vielleicht wäre auch alles andere nie passiert, vielleicht würden wir noch heute lediglich das Fell uns jucken, und die Krähen hätten nichts, was sie aus den Mülleimern zerren könnten, es gäbe ja nicht mal Mülleimer im Park. Nicht mal Parks auf Plätzen. Nicht mal Plätze in der Stadt. Nicht mal Städte auf dem Land.

»Na und?«, höre ich eine Krähe höhnisch krächzen, während sie kokett ihren Kopf auf die Seite legt. Vielleicht aber interpretiere ich das auch lediglich hinein. Vielleicht ist es bloß ein »Kraah«, ein gewöhnliches »Kraah«. Das kann sein.

So schlümm war der Osten:

„Ein Kessel Buntes" (mit Wolfgang Lippert)

Kann man bringen

»Das Licht drang in die Dunkelheit, die davon nichts bemerkte«, las ich in Heidelberg, an einer Litfaßsäule, auf einem Plakat. Ziemlich blöd, die Dunkelheit, wenn sie davon nichts bemerkt. Kann aber natürlich auch sein, sie hat geschlafen. Passiert mir ja auch öfter, dass ich das Licht nicht bemerke. Manchmal ist es sogar so, dass ich einschlafe, wenn es dunkel ist, und wenn ich aufwache, ist es auch dunkel. Dazwischen war es aber mal hell, das zumindest behaupten die anderen, die vorgeben, die ganze Zeit über wach gewesen zu sein. Ich reibe mir dann verwundert die Augen, und sie zeigen auf ein abgefallenes Kalenderblatt, was ihre Aussagen irgendwie untermauern soll, dabei kann jeder vollkommen willkürlich solche Kalenderblätter abreißen, das ist ja wohl noch lange kein Beweis, dass da ein Kalenderblatt herumliegt. Ich habe in meiner Jugend mal aus lauter Jux und Dollerei fünf Kalenderblätter gleichzeitig abgerissen, das war gar nicht mal so schwer, das kann jeder, da muss man überhaupt nicht für trainieren. Und trotzdem waren ja deswegen keine fünf Tage vergangen, in jenem Moment. Nein, so funktioniert das nicht mit der Zeit. Selbst mit einer Uhr kann man tricksen. Die kann man vor- oder zurückstellen. Ja, es ist sogar möglich, dass eine geheime Weltverschwörung es schafft, sämtliche Uhren auf der gesamten Erde gleichzeitig um drei Stunden vorzustellen. Es ist nicht sehr wahrscheinlich, aber möglich ist es. Stellt sich natürlich die Frage, warum sollte sie das tun? Aber das ist eigentlich auch keine sehr intelligente Frage, denn man muss sich ja bloß mal umgucken auf dieser Welt. Warum wollen junge Nachwuchsrapper für den Islamischen Staat sterben?

Warum ist Sigmar Gabriel Vorsitzender der SPD? Darauf gibt es ja auch keine Antwort, keine vernünftige. Ist eben so. Wird gemacht. Eine Sportart vielleicht oder ein Flashmob. Warum treffen sich 300 Heranwachsende zur gleichen Zeit bei einem minderwertigen Schnellimbiss, um sich jeweils eine Bulette im Schlafrock zu bestellen? Da können sich doch genauso gut 12 Milliarden mächtige Menschen rund um den Globus verabreden, um sämtliche Uhren weltweit um drei Stunden zurückzustellen. Und wenn sie jemand nach dem Warum fragt, zucken sie lässig mit ihren Schultern. Ist doch dieselbe Qualität. Gut, 12 Milliarden vielleicht nicht, es gibt ja keine 12 Milliarden mächtiger Menschen auf diesem Planeten, es gibt ja nicht einmal 12 Milliarden einfacher Menschen. Selbst wenn man alle einfachen und mächtigen Menschen zusammennehmen würde, käme man nicht annähernd auf 12 Milliarden. Obwohl, kommt wahrscheinlich darauf an, wann ich diesen Text hier vorlese. Ihn in ein Buch zu schreiben erscheint mir riskant, denn die Weltbevölkerung explodiert ja momentan. Das verbindet die Weltbevölkerung übrigens mit dem gemeinen Selbstmordattentäter. Nur, dass die Weltbevölkerung durch ihre Explosion mehr wird, während der gemeine Selbstmordattentäter eher weniger wird, nach seiner Explosion. Er nimmt ab, um genau eins nämlich.

Ich weiß, ich weiß, gläubige Menschen werden jetzt den Finger heben und einwenden, dass es ja auch ein Leben nach dem Tod gebe. Selbstverständlich. Da wimmelt es dann von Jungfrauen, und Honig fließt aus goldenen Kübeln die Wände hinab, und man muss höllisch aufpassen, dass man nicht gegen gebratene Broiler läuft, die überall durch die Luft schwirren.

Ich für meinen Teil will übrigens kein Leben nach dem Tod. Dann hätte der Tod ja gar keinen Sinn gemacht. Wenn man doch wieder weiterlebt? Nein, falls es stimmen sollte, was diese religiösen Spinner so erzählen, dann schnipse ich hier mal ganz energisch mit dem Finger und appelliere an den Schöpfer, mich vom Leben nach dem Tode gefälligst auszunehmen, zu befreien. Wenn nötig, würde ich zu diesem Zwecke sogar ein ärztliches Attest besorgen, die machen ja heutzutage sowieso alles, die Götter in Weiß. Das wiederum verbindet sie mit ihren Brüdern im Geiste, den Plakateklebern, die auch jeden Mist ranklatschen, allerdings längst nicht so gut bezahlt werden dafür. »Das Licht drang in die Dunkelheit, die davon nichts bemerkte.« Blöd. Blöd, aber irgendwie auch poetisch. Ach, kann man bringen.

Die Tabak-Konzerne hatten sich erstaunlich schnell darauf eingestellt, dass Markennamen abschreck-en müssen.

Das Richtige im Falschen

Ich weiß, man soll nicht über seine Träume schreiben. Nichts über Katzen, nichts über Träume, das weiß ich selbstverständlich, und nicht erst, seit die neue Platte von Supergaul draußen ist, *Musik für Menschen mit und ohne Penis*, wo sie genau darüber singen, sondern, das ist mir schon lange klar, das ist ein »No-Go«. Man schreibt weder über Katzen noch über Träume und schon gar keine Bahngeschichten oder was man so erlebte. Auch Kindheit sollte tabu sein, Schule, Politiker oder Sexualität, und vollkommen verboten sind Sachen aus der Ekelschublade: Stuhlgang, Kühlschrank, Achselhaare. Macht man nicht. Tut man nicht. Versteht sich von selbst. Man schreibt auch nicht in der Ich-Form und biedert sich nicht an, mit Dialekt oder kumpelhafter Attitüde, man duzt seinen vermeintlichen Gegenüber keinesfalls. Das geht gar nicht.

Aber weißt du, neulich war es ja nun mal so, da hatte ich einen Traum. Ich träumte, ich besäße ein Fahrrad. Ich! Ein Fahrrad! Ich stand da, in einem Flur, einem Hausflur, und guckte mir das gute Stück an. Und da sah ich, dass mein Fahrrad einen Platten hatte. Vorne und hinten. Also, genau genommen, zwei Platte, zwei platte Reifen. Ich stand da und überlegte. Und beim Überlegen popelte ich in der Nase. Das mache ich immer so. Das habe ich von meinem Großvater geerbt, der zur See fuhr, denn da sieht es ja keiner, wenn man popelt, also keiner von den Landratten. Die Seeleute popeln ja selber alle, für die ist das ein gewohnter Anblick.

Stand ich da also und popelte und holte aus meiner Nase einen Käfer, einen durchsichtigen Käfer, heraus. Ich dachte: *Nanu? Warum ist denn der Käfer durchsichtig?* Aber nun, es war ja ein Traum. In einem Traum können viele Dinge passieren, die in der Realität nicht möglich sind. In einem Traum hat man ja auch Sex manchmal oder Geld oder wird von einem Monster gejagt, einem stinkenden Monster, mit Achselhaaren und einer riesigen Erektion, und dann denkt man, es wäre eine gute Idee, in den Kühlschrank zu flüchten, bevor man merkt, dass es da drin kalt ist, im Kühlschrank, und dunkel, denn wenn die Kühlschranktür zu ist, ist es ja dunkel im Kühlschrank. Das Licht geht im Kühlschrank ja lediglich an, wenn man die Kühlschranktür öffnet, das wissen ja viele Menschen nicht, dabei ist es vollkommen logisch. Warum bitte schön sollte in einem Kühlschrank Licht brennen, wenn niemand vorhat zu gucken? Der sauren Milch oder dem undefinierbaren Etwas kann es schließlich egal sein. Milch hat ja keine Augen. Und wer jetzt was von Fettaugen faselt, kricht uffe Schnauze, ohne weitere Vorwarnung. Okay, es gibt durchsichtige Kühlschranktüren, aber von denen reden wir nicht.

Ich holte eine Luftpumpe aus dem Briefkasten, also im Traum jetzt, wir sind wieder im Traum, und mit der Luftpumpe pumpte ich nicht etwa die beiden Schläuche von den platten Reifen auf, sondern den durchsichtigen Käfer. Hallo! Es ist ein Traum! In einem Traum ist es überhaupt nicht ungewöhnlich, so etwas zu tun. Es wäre wesentlich seltsamer, würde man in einem Traum gewöhnlich agieren.

Stellt euch mal vor, ihr würdet träumen, dass ihr aufsteht, früh, die Zähne putzt, anschließend zwei Toastscheiben mit Butter bestreicht, auf die eine Wurst und auf die andere Käse läget und dazu tränket ihr Kaffee und ginget danach zur Arbeit und gucktet in der U-Bahn, ob ihr eine Nachricht hättet auf eurem Smartphone und so weiter. Gruselig, oder? Das wäre doch nicht auszuhalten. Vielleicht erwache ich ja deshalb so häufig schweißgebadet, in der Nacht, und kann mich an nichts erinnern?

Es heißt ja, wir träumen 80.000 Träume in nur einer einzigen Nacht. Frage mich zwar, wer die zählt, aber nun, wenn es denn so wäre, könnte es natürlich sein, dass die meisten von ihnen Alltagskram sind, belangloses Zeug, an welches wir uns nicht erinnern, weil es sich absolut nicht unterscheidet von dem, was wir Tag für Tag millionenfach erleben. Wiederholung der Wiederholung. Vielleicht ja ein Grund dafür, warum unser Körper in seinem Unterbewusstsein beschließt, Stück um Stück abzubauen, um irgendwann im Tod Erlösung zu finden.

Als der durchsichtige Käfer in meinem Traum übrigens platzte, rieselten rund um mich her Müriaden glitzernder Sternchentaler herab. Das war sehr, sehr schön. Das war wunderbar. Einfach wunderbar. Ich hatte alles richtig gemacht, und um auch anderen eine Freude zu bereiten, stellte ich direkt darauf mein Fahrrad hinaus auf die dunkle Straße, an einen kahlen Baum, unabgeschlossen.

Dasselbe Prozedere wie jedes Jahr
(Ein Semilog)

Ich will nicht mitgehn.

Nein, ich gehe nicht mit.

Ich weiß, dass ich mich überwinden kann, aber ich will mich gar nicht überwinden.

Ja, die anderen sind auch alle da.

Nein, ich meine nicht, dass dir das Spaß macht. Du musst ja auch nicht hin.

Na, dann ist sie eben die Einzige aus ihrer Klasse, die nicht mitläuft, müssen ja nicht alle Mitläufer sein.

Wieso?

Ich habe nicht die Fackelzüge der FDJ mit dem Sankt-Martins-Tag verglichen, das tust du gerade.

Nein, das Wort »Mitläufer« kann man auch anders benutzen. Außerdem können wir gerne am Wochenende eine Nachtwanderung organisieren.

Mit Taschenlampen.

Von mir aus können wir die ganze Klasse dazu einladen.

Ja, auch Nancy.

Ich habe überhaupt nichts gegen Religion. Die sollen das von mir aus ruhig feiern, dass da jemand seinen Mantel kaputt gemacht hat.

Ich weiß, dass das symbolisch gemeint ist, aber auch die Symbolik finde ich bescheuert. Da gibt ein Reicher einem Armen was von seinem Reichtum ab, und dafür soll der Reiche von den Armen über seinen Tod hinaus verehrt werden? Verstehst du, was dahintersteckt?

Ich halte dich nicht für blöd, die Symbolik, die ist blöd!

Das ist doch was ganz anderes.

Ach komm.

Das ist doch etwas vollkommen anderes!

Natürlich regt es mich auf, wenn da jemand hilflos auf der Straße liegt und sich keiner für interessiert.

Ist es nicht.

Ist es eben nicht!

Es ist menschlich, anderen zu helfen, das sollte das Normalste von der Welt sein.

Ja, sicher.

Ja, natürlich hätte er sich melden können, hinterher. Mal danke sagen, klar. Aber wahrscheinlich hat er gedacht, man würde irgendwas erwarten. Geld. Einladung zum Essen. 'n schicket Auto. Woher sollte er wissen, dass man es rein der Menschlichkeit wegen tat. Passt nicht in unsere Zeit.

Na, is so.

Hättest mal sehn sollen, wie die von oben von ihren Balkons geglotzt haben. »Der liegt schon 'ne halbe Stunde hier rum«, hat der eine gerufen. Aber mal die paar Treppen hinabzulatschen, da war's ihm zu kalt wahrscheinlich, da blieb er lieber auf seinem Balkon stehen, in der Kälte.

Ach, ich triefe vor Selbstgerechtigkeit, ja?!

Hättest mal sehn sollen, wie der da lag. Beine aufm Gehweg, Kopf im Rinnstein, mit dem Gesicht nach unten. Was meinste, wie gefährlich dit is bei 10 Grad unter null.

Nein, es waren 10 Grad unter null.

Wir können gerne im Internet gucken, wie kalt es 1995 gewesen ist.

Ja, ich weiß das Datum noch. Das werde ich nämlich nie vergessen, wie der gestunken hat! Aber soll man ihn deswegen krepieren lassen?

Was heißt hier jedes Jahr dieselbe Geschichte? Letztes Jahr habe ich das mit dem Alkoholiker aus dem zweiten Stock erzählt, dem immer sein Essen verbrannte, weil er beim Fernsehen eingeschlafen ist.

Natürlich werde ich alt. Ist der Lauf der Dinge. Hat mit Zeit zu tun. Zeit, verstehste?! Naturwissenschaft. Kein heiliger Bimbam, Naturwissenschaft!

Ja, selbstverständlich werde ich aggressiv. Immer wenn ich recht habe, werde ich aggressiv!

Ja, das hört sich für dich vielleicht so an. Könnte daran liegen, weil ihr im Westen keine Diskussionskultur kanntet.

Was war umgekehrt?

Jetzt wirst du aber unsachlich.

Hmm.

Hmm.

Ja, klar.

Ja, kann ich machen.

Ja, nächstes Jahr komm ich mit, vielleicht.

Sage ich jedes Jahr, ich weiß. Aber diesmal …

Ja, gut.

Ja, ich hör schon auf, und vergiss nicht den Regenschirm, Schatz, falls es anfängt zu pieseln, damit die Kerzen nicht ausgehn.

Hmm.

Hmm.

Du auch.

Zwischendurch

Es ist mir ja eigentlich egal, aber es ist nicht mehr Sommer. Keine Ahnung, ob das irgendjemand schon bemerkt hat, aber es stimmt. Bunte Blätter liegen auf den Bürgersteigen herum, und der Herbstmann kommt und saugt sie weg. Die Köpfe der Menschen sind tief gebeugt, alle haben Depressionen, allen geht es schlecht. Alle sind wütend, auf die da oben und überhaupt. Sie schlurfen müde vor sich hin, setzen einen Schritt vor den nächsten, obwohl es doch gar keinen Sinn macht, grummeln und winken ab. Sie haben es zu nichts gebracht in ihrem Leben, die Kinder hören schlecht und kommen auch höchst selten nur zu Besuch. Und wenn sie mal kommen, wollen sie Geld oder missionieren, für die Zeugen Jehovas oder die Salafisten. Ja, der Herbst ist der Kapitalismus unter den Jahreszeiten, da flieht man gerne in das kuschelige Nest irgendeiner Religionssekte, wo man noch willkommen ist, wo man nicht gefragt wird, was man so kann, wie viel man verdient und warum man überhaupt noch lebt. Man lebt eben, das reicht. Zumindest den Sekten. Man wird hinter einen Büchertisch gestellt, am Bahnhof Zoo, und kann dort den anderen Einsamen erzählen, dass es im Jenseits Erlösung gibt, dass da die Sonne scheint und kein Herbstmann je mit einem Herbstsauger wie bescheuert herumlärmt. Oder dass die Krankenversicherung in den USA Faschismus sei und dagegen nur der Transrapid nach Asien helfe. Traurig. Man greift zu Drogen, im Herbst. Gerne greift man zu Drogen. Ein schöner Kaffee wärmt von innen, wenn sonst schon nichts wärmt. Man zündet sich einen Glimmstängel, an und das wärmt ja auch, bildet man sich zumindest ein. Weil da ja was brennt, vorne.

Rauch steigt zum Himmel, zum grauen Himmelszelt, und ein Flugzeug brettert durch die Wolken, rast mitten durch sie hindurch, ohne Rücksicht zu nehmen auf Wolkenstrukturen, auf das Gebilde Wolke an sich, als ob es unvorstellbar wäre, dass solch eine Wolke auch Schmerz empfindet. Er erfüllt seine Pflicht, der Pilot. Er befolgt Befehle. Er tut doch lediglich seinen Job.

Die Tränen der Wolken nennen wir Regen. So erfrischend sie im Sommer sind, so belebend sie im Frühling auf die Natur wirken, im Winter kündet der Regen von Tauwetterperioden, doch im Herbst, da schlägt er uns schonungslos hernieder. Kein Lachen ist zu vernehmen. Selbst Kinder wirken alt und verlebt. Hunde verenden winselnd in Hinterhöfen. Der Zeitungskioskbetreiber schiebt nur kurz seine Scheibe hinan, ein Stück weit, sodass ein Spalt sich öffnet, welcher groß genug erscheint, damit er darunter das Gewünschte hindurchrollen kann, die Flasche Goldbrand oder die Flasche Goldkrone. Oder ein anderes hochprozentiges Getränk. Geld verlangt er keines. Macht eh bald dicht, der Kasten, für immer, was soll er da mit den paar Kröten. Die müsste er sowieso gleich wieder hergeben und irgendeinem Finanzdienstleister in den gefräßigen Rachen stopfen. Er sagt »Tschüss« zu dem Kunden, was dieser aber nicht hört, weil der Spalt längst schon wieder geschlossen ist. Er kann nur erkennen, der Angesprochene, dass sich die Lippen des Zeitungskioskbetreibers bewegten, und zeigt ihm deshalb den Stinkefinger. Sah für ihn aus, als hätte der »Arschloch« gesagt. Oder vielleicht war es auch bloß ein Reflex. Man zeigt den Stinkefinger im Herbst nun mal wesentlich öfter als zu anderen Jahreszeiten, wenn man denn überhaupt noch die Energie dazu aufbringt. Energie ist kostbar, im Herbst. Die Heizsaison beginnt, und Heizöl ist schon wieder teurer geworden und Fernwärme und Kohle und Gas. Viele verbrennen deshalb ihre Bücher, doch auch Bücher gibt es ja kaum noch, diese Dinger aus Papier, mit den Seitenzahlen unten rechts, und E-Books eignen sich nun mal schlecht zum Verbrennen. Deswegen rückt man im Herbst wieder enger zusammen, so wie damals, im Krieg. Man muss. Der Überlebenstrieb drängt einen. Je enger wir zusammenrücken, desto mehr werden schließlich am Ende des Herbstes den ersten Schnee fallen sehen, und dann sind wir zwar noch lange nicht gerettet, aber immerhin, wir haben ihn noch einmal gesehen, den ersten Schnee.

Gut

Was ist nicht alles gut. Okay, im Mittelmeer ertrinken die Flüchtlinge, und die neue Sturmflinte der Deutschen Bundeswehr trifft lediglich, wenn man auf der richtigen Seite danebenzielt. Klar gibt es Selbstmordanschläge, manchmal auch gegen Karikaturisten, und Hunger und Erdbeben und Fahnen schwenkende Patrioten, aber soll man deswegen den Kopf hängen lassen? Soll man deswegen mit den Zähnen knirschen?

Nein. Denn das Zähneknirschen ist gar nicht gut. Nicht für die Zähne und auch nicht für alles andere. Das überträgt sich nämlich, das Knirschen, die Zähne gehen kaputt, die Gelenke gehen kaputt, die Knochen gehen kaputt. Und die Nerven erst, mein Gott, die Nerven!

Sieh da! Ein Mann hilft einem alten Mütterchen über die Straße, trägt ihre Einkaufstasche, ihre schwere. Gut, danach rennt er schnell weg, mit der Einkaufstasche, der schweren, aber sie ist immerhin sicher auf die andere Straßenseite gelangt und muss nun keine schwere Einkaufstasche mehr nach Hause schleppen und sich auch nicht darüber ärgern, dass sie die falschen Sachen ins Körbchen tat, den falschen Kaffee, den koffeinfreien, weil der direkt neben dem richtigen Kaffee, dem koffeinhaltigen, dem aus Bohnen, besten Bohnen, im Regal stand und sie das Kleingedruckte mal wieder nicht gelesen. Da könnte sie im Prinzip sogar freuen sich, wenn sie es denn wüsste, dass der Dieb, der gemeine, Kinderkaffee weit mehr hasst als den Tod. Schadenfreude, schönste Freude, Freude im Advent. Ist ja bald wieder Advent. Bald wieder ein Jahr geschafft. Mit Ach und Krach zwar, aber hey, wer freut sich nicht aufs Plätzchenbacken und Weihnachtsgeschenkeverstecken unterm Tannenbaum. Und selbst wenn einen keiner besuchen kommt. Umso besser! Hat man die ganzen Geschenke für sich. Und man findet sie auch leichter, weil man sie ja selber versteckt hat. Eine Tüte Milch, ein Stück Butter, eine Packung Knäckebrot, ist doch ganz egal, was drin ist, auf die Verpackung kommt es an. Und danach eine knackige Partie Skat. Alzheimer hat durchaus seine Vorteile. Spielt man mit sich alleine, hat man bereits vergessen, was der andere so für Karten auf der Hand hielt, während man die Karten des Nächsten … Was wollte ich gerade schreiben?

Oder der Frühling. Blühende Kirschbäume. Eine Ratte bugsiert vertrocknete Grashalme im filigranen Schnäbelchen hin zum Neste, hüpft mal nach links, mal nach rechts, will verwirren, möchte nicht, dass man weiß, wo's Gelege sich befindet, lockt auf falsche Fährten. Wir aber sind schlauer, kennen das schon, seit Jahrtausenden dieselbe Masche, müssten mal was Neues sich einfallen lassen, die räudigen Nager. Aber ihre Kleinen sehen schon süß aus. Und die Knochen erst, die sind so dermaßen zart, die kann man problemlos mitessen. Wildtiere in der Stadt, schön, wie sich eins zum anderen fügt. Wer seine Augen offen hält, muss gar nichts einkaufen. Der Spatz, die Wespe, der Regenwurm, alles im Angebot, alles zum Nulltarif. Und dann ist der Kapitalismus nämlich am Ende, wenn niemand mehr konsumiert. Und dann reichen sich alle ihre Hände, und es wird nie wieder Krieg geben. Und keiner muss mehr arbeiten gehen. Und alle schreiben Gedichte. Gut, manche mögen vielleicht keine Gedichte schreiben, die malen dann eben Bilder, und die, welche weder Gedichte noch Bilder leiden können, die machen so Aktionskunst, auch Gewalt kann man im erweiterten Sinne durchaus zur Kunst dazuzählen, ist nicht letzten Endes alles Kunst?

Nein, würde ich sagen, aber ich bin hier ja nicht der Maßstab.

Schau, die Sonne! Da ist sie wieder. Lugt hinter einer Wolke hervor. Die liebe Sonne! Schickt uns ein Bündel Strahlen, wärmt das Gemüt, lässt unsere Augen sich zu Schlitzen verengen. Im Herbst wird ihre Kraft langsam schwinden. Wird weniger werden und weniger. Blätter purzeln dann hinab, bis der erste Reif sich festbeißt. Aber am Äquator ist das gar nicht so. Am Äquator ist es immer schön warm, da muss niemand frieren, kein Mensch braucht am Äquator lange Unterhosen – höchstens vielleicht, es ist dort gerade in Mode, aber das wollen wir mal lieber nicht hoffen, das wäre ja dann nicht so gut.

Die Spießboleros aus Madeira
(Starschnitt zum Ausschneiden)

Besuch
(aus der Reihe: Unverhofft kommt manchmal)

Ich hatte mir zwei Klöße gekocht, mit lecker Kloßsoße, als es plötzlich an der Tür pochte. Die Klingel war kaputt, sonst hätte es sicher geklingelt, aber ging ja nicht, das Klingelrelais war durchgeschmort, wegen Stromüberversorgung, weil draußen der Wind ..., es ging ..., ein Sturm kam herüber, von England, deswegen drehten sich die Windräder so doll, dass sie einen Haufen Energie produzierten. Es entstand eine Überversorgung an Elektrizität, die Kabel, die Stromkabel liefen heiß, in den Häusern, wir haben ja sechs Häuser, meine Mutti, die drei Tanten, Tante Lisbeth, Tante Clerasil und Onkel Otto, also genau genommen zwei Tanten und ein Onkel und die kleine Flitzi, was meine Schwippnichte ist, wir besitzen sechs Häuser, keine großen Häuser, wir sind nicht reich, nein, ganz normale Häuser, eins aus Stein, eins aus Holz, eins aus Stroh, genau genommen also drei Häuser. Die haben wir noch vor der Währungsumstellung, haben wir die eigenhändig gebaut, für Ostmark. Das aus Stein, damit der Wolf es nicht wegpusten kann. Und da gab es natürlich noch keine modernen Relais, klar, nur Alurelais, und die laufen ja immer heiß, bei Stromüberversorgung. Ich habe mal überlegt, ob ich da einfach ein Stromabflussrohr, ein gewöhnliches Stromabflussrohr dazwischenschalte, zwischen Stromkasten und Alurelais ..., also, vielleicht ist das auch ein wenig zu technisch jetzt, nicht jeder interessiert sich ja für elektronische Detailfragen, es gibt ja auch Künstler unter uns oder Geistwesen, Pfarrer, jedenfalls lief ich schnell zur Tür und öffnete. Dreimal drehte ich den Schlüssel von innen, ich schließe immer von innen ab, wegen der Diebe, zweimal bin ich ja schon ..., oder genau genommen einmal, ausgeraubt worden. Alles weg! Sämtliche Spielsachen! Lego, Playmobil, alles gestohlen! Och, da hab ich vielleicht geweint, meine schönen Legosteine! Ist ja teuer, Lego. Wart ihr schon mal in Legoland? Na, jedenfalls öffnete ich die Tür und, Überraschung!, mein Schwager aus Russland. Er war extra aus Russland gekommen, zu meinem Geburtstag. »Sdrastwitje«, begrüßte er mich. Das heißt »Guten Tag« auf Russisch. »Ja lubju tebja.« Das heißt »Ich liebe dich«. Das sagt man so in Russland, das heißt da so. Das ist dasselbe, als würde man bei uns sagen: »Na, wie geht's?« Das ist so eine Art Floskel. Da muss man überhaupt nicht antworten. Man küsst sich einfach auf den Mund und ... gut is.

Mein russischer Schwager hatte mir ein lebendiges Huhn mitgebracht, ein Bio-Huhn, und eingelegte Rosen, das ist eine Spezialität aus der Region, wo er herkommt. Kamtschatka. Er war den ganzen Weg zu Fuß gelaufen und müde und wund. Ich bereitete ihm lindernde Umschläge und legte eine Matratze in die Kammer, er knallte sich da hin und ratzte weg, im Nu.

Das Huhn gackerte wie blöd. Es war noch keine anderen Menschen gewohnt, nur die aus Kamtschatka. Aber zu einer Tasse Borschtsch sagte es nicht Nein. Wir saßen da also zwei, drei Tage und aßen Borschtsch. Unterdessen wurden die Klöße kalt, aber nun, die sollten sich mal nicht so haben, die sollten sich mal schön gedulden, die denken immer, sie wären was Besonderes, dabei sind sie Klöße, gewöhnliche Klöße! Das Huhn nahm es gelassen. Wir wurden richtiggehend Freunde. Bald sagte ich *Du*, und es erzählte mir vom Gulag, von SS-20 und anderen Sehenswürdigkeiten. Wir tauschten Abzeichen, da stand plötzlich mein Schwager in der Tür. »Dostoprimelschatjelnosti!« Er blickte verwirrt, aber das ist vollkommen normal, wenn man eben erst aufgewacht ist, da müsstet ihr mich mal sehen, haha! Außerdem baumelte eine Spritze an seinem Arm. Er war heroinsüchtig. »Willst du einen Apfel?«, fragte ich. »Da.« »Mit oder ohne Kerne?« »Da.« Seine Frau war vor über neun Jahren ins Weltall geflogen, zur Raumstation Mir, seitdem nahm mein Schwager Heroin, aus Langeweile und weil es billig war, in Afghanistan, wo er immer hintrampte, am Wochenende. »Zieh doch Hausschuhe an, willst du Hausschuhe?« »Da.« »Da« heißt übrigens »Ja« auf Russisch und »Rajon« heißt »Bezirk« und »Sachar« »Zucker« und »Sawod« »Betrieb«.

Plötzlich pochte es erneut. Es war die Polizei. Sie nahmen meinen Schwager mit und erkundigten sich, warum die Klingel nicht gehe.

Seitdem lebt in meiner Wohnung ein Huhn. Ein lebendiges Huhn. Ich habe ein Haustier, welches Abzeichen trägt. Doswidannja.

Das lustige Dreieck springt auf einem Trampolin (neues Modell!)

Die wichtigste Sache der Welt

Ich habe kein Geld mehr. Ich weiß, es ist nicht schön, wenn man so jammert, aber irgendeinem muss ich's ja erzählen. Mein ganzes Portemonnaie ist leer. Kein Schein. Kein rundes Talerchen klimpert mehr darinnen. Ich habe alles zum Fenster rausgeschmissen. Gestern, in einem Anfall guter Laune. Meine Freundin hat gesagt: »Hemmung«, und dann habe ich es eben getan. Und gelacht dabei. Hat unheimlich Spaß gemacht. Loslassen können wird doch immer gefordert, im Fernsehen, von Schauspielern wird das so gesagt, besonders gerne von Tatort-Kommissaren. Man muss loslassen können. Geld sei nicht so wichtig, sagen sie immer. Das stimmt aber überhaupt nicht. Geld ist schon wichtig. Sehr, sehr wichtig ist Geld.

Versuch doch mal bitte, in einen Laden zu gehen und lebenswichtige Nahrungsmittel ins Körbchen zu befördern und an der Kasse dann zu sagen, man habe gar kein Geld, aber das sei ja auch nicht so wichtig, das hätte man im Fernsehen gehört, von einem dieser Tatort-Kommissare, den Sie doch bestimmt auch kennen, der aus dem Fernsehen. Dann muss man im besten Falle die Waren wieder dorthin zurückstellen, wo man sie herbekommen hat, ins Regal, meistens aber holen sie zusätzlich noch die Polizei, und die legt einem dann Handschellen an, schleppt einen ins Auto, wo man aus Versehen noch eine aufs Maul kriegt, und dann kommt man in eine Zelle und bleibt dort, bis man schwarz wird, also nicht wirklich jetzt, im übertragenen Sinne. Und dann wird man vor den Richter gezerrt und erhält einen Pflichtverteidiger, der die ganze Zeit nur strickt, ist ja auch das neue Ding, Stricken, stand in der Zeitung, und dann klopft der Richter dreimal mit einem Hämmerchen auf sein Pult und bittet um Ruhe, dabei hat gar keiner was gesagt, und dann verkündet er das Urteil: zwei Jahre ohne Bewährung, abzuleisten in einem Moor, wo man bei der Torfgewinnung mithelfen darf. Und dann denkt man, man hat sich wohl verhört eben, das aber stellt sich als Irrtum heraus, und dann muss man da ins Moor, zusammen mit ganz, ganz bösen Menschen, die sogar tätowiert sind, soll ja auch das neue Ding sein, Tätowierungen, und die wollen einen dann ebenfalls tätowieren, und man will aber gar nicht tätowiert werden, weil man denkt, dass man irgendwann vielleicht doch molliger werden wird, und die nackte Frau dann, die man auf dem Doppelkinn mit sich herumtrüge, die sähe dann ja eher aus wie der Umriss der Sowjetunion, und die gibt es doch gar nicht mehr, und dann wird man am Ende noch für einen Alt-Stalinisten gehalten und von miteingeknackten Trotzkisten an den Haaren gezogen, und wenn ich etwas nicht leiden kann, dann ist es, wenn man mir an den Haaren zieht, da werde ich voll böse, und dann kann es leicht passieren, dass ich Kraftausdrücke von mir gebe, also, das ist ja beleidigend, das will ich wirklich nicht, so hat mich meine Mutter nicht erzogen.

Kurz und gut, Geld ist wichtig. Es gibt nichts Wichtigeres als Geld. Liebe, ja, Schönheit, Kraft, Solidarität oder Intelligenz, alles Sachen, die wirklich gut sind, wenn man die hat. Aber ohne Geld ist man vollkommen aufgeschmissen. Ich sag mal: Miete, Krankenversicherung, auch wenn man jetzt diesen Musikanten mal nichts gibt, ja, die in der S-Bahn immer aufspielen, also bei einem, da fällt das vielleicht noch nicht so auf, aber wenn man nie etwas gibt, das potenziert sich ja, die merken sich das ja auch, nicht alle, klar, Menschen sind verschieden, aber irgendwann fällt das schon auf. Habt ihr mal erlebt, wie es ist, wenn einen plötzlich die gesamte S-Bahn anstarrt, also sämtliche Mitreisenden? Kein Ton zerreißt die Stille, angespannte Ruhe, und irre viele Augenpaare richten sich auf dich. Vorwurfsvoll. Das ist das Schlimmste, was es gibt, das vergisst man sein Lebtag nicht. Das bleibt, als Trauma, da muss man in Behandlung hinterher, und ich war schon mal in Behandlung, nicht deswegen, zum Glück nicht deswegen, aber wegen was anderem. Piercing. Das war auch nicht schön, und auch da muss man ja bezahlen. Nun gut, bin ich jedenfalls heute früh reumütig da runter auf die Straße und wollte mein Geld wieder aufsammeln, aber da war das weg, das ganze Geld! Es hatte über Nacht geweht, der Wind hatte mein gesamtes Vermögen hinfortgeblasen! Gerechte Strafe eigentlich, aber traurig bin ich schon. Ein wenig. Werd mir wohl Arbeit suchen müssen.

So schlimm war der Osten:

Intershop (auf dem Alexanderplatz)

Freude, schöner Götterfunken

Freude, schöner Götterfunken, Tochter aus Elysium, wir betreten feuertrunken, Himmlische, dein Heiligtum.

Eine Rose blüht am Wegesrande. Sie duftet nicht mehr sehr. Duftstoffe verbraucht, anscheinend.

Nach den Lokführern haben nun die Piloten mit ihrem Streik begonnen. Die Flugzeuge, die jetzt noch fliegen, werden von Streikbrechern gelenkt, die man aus dem Ruhestand holte. Oder es sind Quereinsteiger, ehemalige Lehrer, Lokomotivführer, Zerspanungsfacharbeiterinnen, die es für die schnelle Mark tun, die jetzt Euro heißt, oder aus Abenteuerlust. Wer wollte nicht schon immer mal ein Flugzeug lenken? Crashkurs, und dann: Ab dafür! Passieren kann schließlich immer was. Die meisten Menschen sterben zu Hause.

Ich gucke hoch zum Himmel. Aha, blau. Dabei hatten sie Regen angesagt. Na ja. Im Wagen vor mir fährt ein junges Mädchen. Ach nein, das ist bloß ein dummer Schlagertext. In Wahrheit läuft vor mir ein alter Mann. Er ist augenscheinlich missgelaunt. Mundwinkel nach unten, Augen zusammengekniffen. Das sehe ich von hinten zwar nicht, aber ich kann es ahnen. Er grummelt. Hat sicher bereits zwei Weltkriege miterlebt. Aber so schlimm wie jetzt war es noch nie. Vielleicht ärgert ihn das achtlos weggeworfene Kaugummipapier oder dass er niemanden mehr kennt, seit Irene gestorben ist, die aus der 83? Ich würde ihm ja gerne eine Freude bereiten, aber vielleicht täte ihn das noch mehr verärgern? Außerdem weiß ich nicht, mit was. Ich weiß immer nicht, mit was ich jemandem eine Freude bereiten kann. Deshalb sind Geburtstage und Feiertage mit Geschenkezwang der reinste Horror für mich. Es geht mir gar nicht ums Geld, ich hab meiner Freundin mal eine Creme für 300 Euro geschenkt, in der Hoffnung, sie würde sich darüber freuen, weil sie den Namen der Creme mal erwähnte, positiv, also Geiz ist nicht das Problem, mir fällt bloß nie was ein. Ich kann mich schlecht in andere Menschen hineinversetzen, was vielleicht daran liegt, dass die Sachen, die mir persönlich gefallen, bei anderen Menschen eher Kopfschütteln oder höhnisches Gelächter auslösen. Ich, zum Beispiel, freue mich über bunte Ansichtskarten aus anderen Ländern, die weder lustig noch in irgendeiner Form besonders sein müssen. Einfach eine oder mehrere Ansichten einer Stadt oder Region, ob hässlich oder hübsch, beschrieben oder unbeschrieben, mit oder ohne Briefmarke, völlig egal, schon bin ich glücklich. Jedoch, als ich meiner Schwester neulich zum Geburtstag fünf abgestempelte Fahrkarten aus der Straßenbahn schenken wollte, wurde mir dringend davon abgeraten. Es sei höchst unwahrscheinlich, dass sie sich heute noch darüber freuen würde, hieß es, selbst wenn sie die früher einmal gesammelt hätte, als Kind, und in Heftchen geklebt.

Meist gehe ich deshalb einfach in einen Buchladen oder in ein Schallplattengeschäft und kaufe ein Buch oder eine Schallplatte. Ein seriöses Geschenk, für das ich mich eher schäme und von dem ich hoffe, dass der oder die Beschenkte nicht viel Aufhebens drum macht. Am liebsten würde ich es heimlich auf dem Gabentisch unter den anderen Präsenten verschwinden lassen. Pflicht erfüllt, wunderbar, Kuchen essen.

Wie ihr euch sicher denken könnt, freute sich meine Freundin nicht über die 300-Euro-Creme. Also zuerst schon, aber ich war natürlich so blöd, ihr irgendwann den Preis zu verraten, weil ich den wirklich lustig fand. Fand sie aber nicht. Fand sie ganz und gar nicht. Eher im Gegenteil. Was damit zusammenhängen könnte, dass damals bei uns der Strom abgestellt war, weil wir ein paar Monate lang die Stromrechnung nicht bezahlt hatten, weil wir sie nicht bezahlen konnten, nämlich weil ich so wenig Geld mit nach Hause brachte. Und deshalb auch brannten keine elektrischen Kerzen am Weihnachtsbaume, und die Kinderäuglein konnten nicht strahlen im Lichterglanze. So war das.

Ob sie sich heute eigentlich über diese Rose hier freuen würde? Selbst wenn sie nicht mehr ganz so sehr duftet? Bräche ich sie, würde sich der alte Mann sicher umdrehen und mit dem Kopfe schütteln. Hätte er wieder was gefunden zum Drüberärgern. Aber wer weiß, so schlecht wie ich mich in Menschen hineinversetzen kann, freut er sich vielleicht sogar über den Frevel. Zeigt dieser doch, wie recht er mit allem hat. Mit seinem gesamten, fest zementierten Weltbild. Wird immer schlimmer. Alles wird immer schlimmer.

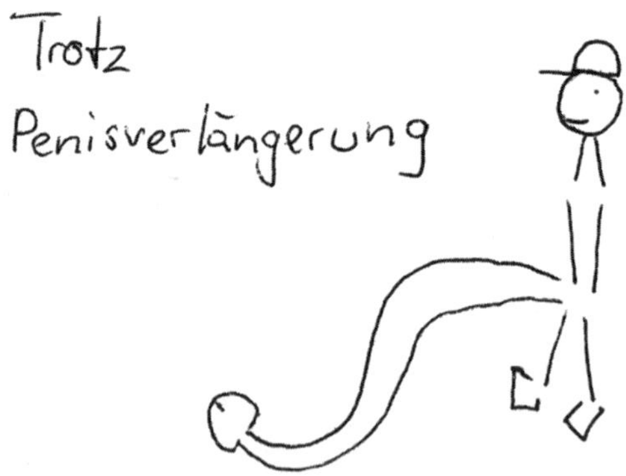

Tino hatte immer noch Probleme, Anschluss zu finden

Man könnte noch mal die Ärmel hochkrempeln und ganz von vorne beginnen

Ein älterer Mann läuft am U- und S-Bahnhof Pankow vorbei, vor sich hin redend: »Jibt keene Pommes mehr. Typisch. Jibt keene Pommes mehr in Russland. In Türkisch-Russland. Jibt keene Pommes mehr. Typisch.« Langsam sich entfernend werden seine Worte leiser. Ein stinknormaler Wutbürger, denke ich, obwohl er ja lediglich einen Sachverhalt klarstellt. Ganz nüchtern. Na ja, ganz nüchtern? Ganz nüchtern vielleicht nicht. Aber immerhin, es gibt keine Pommes mehr in Türkisch-Russland. Kann ich ihm das Gegenteil beweisen? Ich weiß ja nicht mal, wo das liegt, Türkisch-Russland. Gibt es russisches Gebiet, was von den Türken besetzt worden ist? Oder meint er die ehemals armenischen Siedlungsräume in der Türkei? Vielleicht nennen ja die Türken Pommes bloß anders? »Pomme« heißt ja Apfel auf Deutsch. Wie heißt wohl Apfel auf Türkisch? Jetzt könnte ich ein Taschentelefon mit Internetanschluss gut gebrauchen, aber ich muss mich ja ständig und immerzu allen technischen Neuerungen gegenüber verschließen. Das fing schon beim Walkman an, zu dem ich selbstverständlich auch Gehmann sagen könnte, nur dass mich dann niemand verstünde, ein Zwillingsbruder des älteren Mannes wäre ich, im Geiste. Einmal habe ich tatsächlich probiert, so einen Walkman aufzusetzen. Mir tat sofort der Kopf weh, und ich bekam Angst, ich könnte etwas Lebenswichtiges überhören, auf der Straße. Wie viele Menschen wohl schon umgekommen sind, weil sie einen Mähdrescher nicht wahrnahmen, dessen Fahrer am Steuer eingeschlafen und der sie deswegen von hinten zerschredderte? Oder ein heranheulender Tornado oder aggressive Jugendliche, deren verständliche Bitte um Herausgabe von Geld und Wertpapieren man akustisch ignorierte? Gibt's sicher 'ne Statistik zu. Eine wahrscheinlich, deren Veröffentlichung von global agierenden Elektronikkonzernen vehement verhindert wird. Voll der Skandal, aber kann man nichts machen, die sind stärker. Taschenrechner, Armbanduhr und Flachbildschirm besitze ich ebenfalls nicht. Und wenn ich mal Fernsehen gucke, setze ich mir eine Perücke auf oder ziehe 'ne Strumpfhose übers Gesicht, denn dass Florian Silbereisen wirklich nur gute Musik ansagt, kann ich mir beim besten Willen nicht vorstellen. Dafür muss man doch niemanden bezahlen, das tut doch jeder gerne, auch ohne Gehalt. Obwohl, ich weiß natürlich, dass das mit der Perücke und der Strumpfmaske nichts bringt, die können heutzutage, mit dem Computer können die ja dein Gesicht rekonstruieren. Popeleinfach. Selbst wenn sie nur deinen Schatten haben, können die mit einer App, in Sekundenbruchteilen wissen die, was für eine Frisur du hast und wie du morgen aussehen wirst oder in zehn Jahren. Kann man fast gar nicht sich vorstellen, aber das ist so. Man darf, wenn man völlig sichergehen will, dann darf man eigentlich nur noch durch den Spiegel Fernsehen gucken. Allerdings sieht man dann alles seitenverkehrt, macht ja auch keinen Spaß, besonders beim Fußball. Freut man sich immer über die falsche Mannschaft. Na ja.

Bisher, toi, toi, toi, scheine ich ihnen noch nicht ins Netz gegangen zu sein, bin aber auch nur ein kleiner Fisch. Bin nicht so wichtig. Wahrscheinlich denken sie: »Ach, lass den mal machen.« Vielleicht finden sie es sogar putzig. »Guck mal, heute hat er eine gelbe Strumpfhose überm Gesicht. Wenn's nicht verboten wär, würd ich's glatt auf YouTube stellen. Ach was, schon passiert.«

Das ist ja das Verrückte. Man weiß das alles. Man kann es ja nachlesen, im Internetz. Aber richtig konsequent ist man dann eben doch nicht. Wir zum Beispiel hatten im Urlaub eine Mikrowelle. Und obwohl ich selbstverständlich weiß, dass so eine Mikrowelle Frequenzen hat, mit denen man abgehört werden kann, habe ich die einmal angemacht. Nur so. Ich hab gar nichts reingetan. Ich fand es einfach schön, wie das Licht da drin anging und dass sich da was drehte und dieses Klick-Geräusch, wenn sich die Tür wieder öffnete. Ich habe es heimlich getan, in der Nacht, als alle schliefen, obwohl ich selbstverständlich weiß, dass *sie* niemals schlafen. Bin ja nicht auf den Kopf gefallen, also schon, schon öfters, aber im übertragenen Sinne, meine ich. Gibt übrigens auch intelligente Kühlschränke. Die sagen, wenn keine Milch mehr drin ist oder wenn das Haltbarkeitsdatum abgelaufen, von den Eiswürfeln. Was sie sonst noch sagen und *wem* sie sonst noch was sagen, entzieht sich meiner Kenntnis. Kann aber auch sein, sie sind vollkommen harmlos. Wir werden ja sowieso schon von hinten und vorne überwacht, wozu noch Kühlschränke als IM. Müssen sich doch bereits Berge türmen, von Datenmüll. Die Stasi hat ja zum Schluss auch nicht mehr durchgesehen. Die haben es einfach nicht mehr gepackt, relevante von nicht relevanten Informationen zu trennen, und schwups, gab's plötzlich Bananen und Coca-Cola in Dosen.

Keine Pommes in Türkisch-Russland. Voll die Marktlücke eigentlich. Wenn man jetzt noch wüsste, wo das liegt, Türkisch-Russland?

Pionier sein

Manchmal ärgere ich mich darüber, dass ich handwerklich nicht so begabt bin. Nicht so begabt wie mein Bruder beispielsweise. Ich kann keinen Tisch bauen und kein Dach decken. Beim Autoreparieren müsste mir erst jemand erklären, wo vorne und wo hinten ist, und selbst wenn es darum geht, ein Regal von IKEA zusammenzuschrauben, raste ich regelmäßig aus. Traurig. So werde ich es wohl nie schaffen, eine Frau zu bekommen.

Gut, ich hab zwar 'ne Freundin, momentan, aber wie lange noch? Wie lange gelingt es mir noch, sie hinters Licht zu führen? Ein paar Mal hat sie ja bereits gesagt, dass ich rausgehen solle, wenn es darum ging, ein Loch in die Wand zu bohren. Bin ich dann auch. Bin rausgegangen. Was blieb mir anderes übrig?

Draußen ist es ja sehr schön. Angenehme Luft, und man kann hingehen, wohin man gehen will. Also, sicher, man sollte vorher schon gucken, ob Polizei in der Nähe ist, wenn man bei Rot die Ampel überquert, und mit einem motorisierten Gefährt sollte man sich keinesfalls anlegen, die sind meist stärker. Aber sonst? Nach links, nach rechts, es ist ganz allein deine Entscheidung. Auch geradeaus, das geht auch, wenn da keine Mauer steht oder ein Stacheldrahtzaun.

Am liebsten laufe ich ja im Kreis herum. Dann kommt man immer wieder dorthin zurück, wo man schon mal gewesen ist. Dann hat man das Gefühl, man würde sich auskennen. *Hier also bin ich zu Hause*, denkt man dann, wenn man wieder zu Hause ist. Man streicht zärtlich über die Wand, kniet sich sachte auf den Boden, küsst schweigend die Tür. Es ist schön anzukommen, denkt man, und vielleicht ist sie ja mittlerweile auch fertig mit Bohren. Ist sie aber nicht. Also dreht man noch eine Runde.

Ich wäre gerne bei so einer Expedition dabei. Bei einer Expedition ins Weltall. Ich würde gerne daran teilnehmen, wenn die Menschheit aufbricht, einen anderen Planeten zu besiedeln. Also nicht für immer, aber mal würde ich das schon machen. Stelle mir das großartig vor, dieses Zusammengehörigkeitsgefühl. Wir, die ersten Menschen, die auf den Mars ziehen. Wasser ist ja da, das hat man ja jetzt entdeckt. Bräuchten wir nur noch 'ne Schere und 'ne Taschenlampe und 'ne Axt vielleicht und 'n Anhänger mit Baumaterialien und 'n Feuerzeug fürs Lagerfeuer und 'ne Gitarre, dann könnte man schön Lieder singen, am knisternden Lagerfeuer, und Pflaster bräuchte man selbstverständlich, falls man sich mal schneidet, beim Schnitzen, am Lagerfeuer, am knisternden Lagerfeuer. Stelle mir das super vor, beim ersten Lagerfeuer auf dem Mars. Das heißt, ich weiß ja nicht, ob es tatsächlich das erste Lagerfeuer auf dem Mars wäre. Vielleicht waren ja andere bereits vor uns auf dem Mars und haben dort Lagerfeuer gemacht. Kassiopeia-Menschen? Oder vielmehr -Wesen, Kassiopeia-Wesen. Menschen neigen ja immer dazu, davon auszugehen, dass die anderen ihnen ähnlich seien. Dabei sind sie vielleicht gasförmig? Oder flüssig?

Habe mir aus Spaß im Gehirn gerade so ein Bild davon gemacht, wie ein paar intelligente Schluck Wasser um ein Lagerfeuer herumsitzen, Gitarre spielen und Würstchen braten. Musste ein wenig schmunzeln dabei. Klar, die spielen wahrscheinlich gar keine Gitarre, die haben wahrscheinlich vollkommen andere Instrumente. Wie sollte ein Schluck Wasser auch Gitarre spielen? Der hat ja keine Finger.

Interessant erscheint mir auch der Gedanke, dass es vielleicht ganz viele intelligente Lebensformen gibt, an denen wir bisher schon vorbeigeflogen sind, ohne sie als solche zu erkennen. Oder die an uns. Wer sagt denn, dass die uns als intelligente Lebensform erkennen? Bloß weil wir Löcher in Wände bohren? Vielleicht denken die ja, wir wären so was Ähnliches wie Spechte. Nun wird die eine oder andere sicher einwenden: »Aber die Schrift, unsere Architektur, die Radiowellen!« Hmm. Gut. Sind aber eben alles Sachen, die wir für Zeichen von Intelligenz halten, weil sie unsere Entwicklung charakterisieren. Andere Wesen könnten das als simple Ausscheidungen betrachten, die manchmal eben ätzend sind, allergische Reaktionen auszulösen imstande sind. Vielleicht haben sie unseren Planeten ja auch längst besiedelt, ohne dass wir sie bemerken? Und sie haben uns vielleicht noch gar nicht als solche wahrgenommen? Vielleicht führen wir ja ein paralleles Dasein, eine friedliche Koexistenz? Was heißt eine? Vielleicht wimmelt es geradezu von intelligenten Lebensformen hier, die alle nichts voneinander wissen. Und das ist vielleicht auch besser so, denn wenn wir voneinander wüssten, ich bin mir sicher, wir zumindest würden Stock und Stein in Bewegung setzen, um mit ihnen in Kontakt treten zu können, um sie letzten Endes davon zu überzeugen, dass es von eminenter Bedeutung ist, Löcher in Wände zu bohren, bei Rot an der Ampel stehen zu bleiben, lediglich in Maßen zu trinken.

Und die? Die haben bestimmt ebenfalls Regeln. Ach, hör mir auf! Davon können wir uns doch gar keine Vorstellung machen!

Mach ich auch nicht. Ich geh eine weitere Runde spazieren. Aus der Wohnung sind zwar keine Bohrgeräusche mehr zu vernehmen, jedoch, sicher ist sicher.

Frohes Fest

Kummer, Trug und Sorgen,
lasst sie mal beiseite,
heute wolln wir jubiliern,
der Weihnachtsmann kommt!

Alle haben Weh,
Ohren gschnitten, blutiger Schnee,
soll uns nicht weiter bekümmern,
der Weihnachtsmann kommt!

Friedbert liebt Annette,
leblos an der Kette,
hätten nicht müssen tun das,
der Weihnachtsmann kommt!

Gabi starrt ins Glas,
Kinder alle weg,
Oma grummelt:
»Weihnachtsmann kommt.«

Klopft wer an das Tor, horch
stapft wer in die Stube, schau
klebt überall Kuckuckse drauf,
Holla!, der Gerichtsvollzieher.

Ort der Besinnung

Bärlauch, eingelegte Chilischoten und frisches Brot scheinen nicht allzu bekömmlich zu sein, wenn man es in rauen Mengen in sich hineinstopft. Oder aber es handelt sich um einen Infekt? Jedenfalls krümme ich mich seit Stunden auf dem Klo. In meinem Magen brömmelt und dräut es, es parunkelt, zötscht und diftert vor sich hin. Manchmal denke ich: *Oh, jetzt wird es langsam besser,* doch dann folgt sogleich die nächste Welle, und ich drohe ohnmächtig vom Topf zu kippen.

An Durchfall sterben, oh Mann, wie peinlich. Obwohl es garantiert eine recht häufige Todesursache ist. Man kann schnell austrocknen. Man stirbt an Dehydrierung. Der Fußballtrainer Hans Meyer, der unsere Autoren-Fußballnationalmannschaft einst zur Schriftsteller-WM coachte, in welcher auch ich einen fünfminütigen Kurzeinsatz hatte, machte sich damals lustig über diesen »Dehydrierungswahn«. Bei ihm gebe es im Training keine Trinkpausen. Man hätte früher zum Frühstück was getrunken, zum Mittagessen und zum Abendbrot, und dazwischen sei man auch nicht ausgetrocknet, erzählte er gerne. Gegen ein Bierchen zum Feierabend habe er aber nichts.

Bier. Kann mir gar nicht vorstellen, noch einmal ein Bier zu trinken. In solchen Momenten, in denen man an die Grenzen, oder wenigstens an die vermeintlichen Grenzen, des Ertragbaren stößt, ist man doch jedes Mal wieder überzeugt, ein vollkommen anderes Bewusstsein erreicht zu haben. Wenn der Schmerz erst nachlässt, wenn die Übelkeit nur ein wenig abflauen sollte, wenn es denn gelänge, wieder an etwas anderes denken zu können als daran, wie man die nächsten Sekunden übersteht, dann wird man das Leben einfach genießen, jeden

Moment und dankbar sein, unendlich dankbar. Man wird viel mehr lächeln. Man wird allen die Hand reichen, die Hilfe benötigen. Natürlich die gewaschene, klar, Ansteckungsgefahr. Man wird nicht mehr so hetzen. Ruhig sein. Ruhe ausstrahlen. Ruhe aufsaugen. Maß halten. Beobachten. Milde nicken, wenn man wahrnimmt, wie die Jungen, die jungen Wilden, die ungestümen jungen Wilden von allem zu viel und das Falsche und zur Unzeit nehmen, machen, schlucken. Man weiß, wohin das führt, aber sollen sie nur. Sie müssen ihre eigenen Erfahrungen machen. Sie glauben es einem ja doch nicht, dass es schön ist, einfach nur da zu sein.

Wie lange ich nun schon auf dem Klo sitze? Ich hätte ein Buch mitnehmen können. Ab und zu gibt es ja Momente, wo man sich durchaus auf etwas anderes konzentrieren kann. Zum Glück haben wir ein zweites Klo in unserer Wohnung. Das wäre ja noch schlimmer, wenn die vor der Tür alle Schlange stünden und man müsste ständig was sagen. »Dauert noch« oder »Bin gleich fertig« oder »Ja, mir geht's schon deutlich besser«.

»Das Letzte, was er gesagt hat, war: ›Mir geht's schon deutlich besser.‹ Konnte doch keiner ahnen, dass es das Letzte ist, was er sagt.«

Ausgerechnet jetzt haben wir auch noch Besuch. Die 15-jährige Tochter einer Thüringer Bekannten. Ob man das da draußen eigentlich riechen kann? Ob die denkt, dass es immer so stinkt bei uns? In Berlin? Scheint mir schon wieder besser zu gehen, wenn ich mir darüber Sorgen machen kann. Brennen tut es allerdings immer noch wie Hölle. Die Chilischoten, ich weiß. Das ist vollkommen normal. Das ist natürlich und sicher auch gesund. In Südostasien denken sie ja, dass, wenn etwas scharf ist, dass es dann Krankheitskeime abtötet. Wahrscheinlich wird das von wissenschaftlicher Seite her angezweifelt, aber ich glaub das mal lieber auch. Bringt nichts, wenn man es nicht glaubt. Das Brennen ist nun mal da, wenn man es als Nebenwirkung von Medizin betrachtet, ist es leichter zu ertragen. Wie viel ich wohl abgenommen habe in den letzten Stunden? Nicht wichtig, klar. Absolut umsonst, solche Radikalkuren. Jo-Jo-Effekt. Je mehr man abnimmt, desto mehr nimmt man auch wieder zu. Ob das andersherum eigentlich ebenso gilt? Wäre ja 'ne coole Strategie. Abnehmen durch Zunehmen. Gibt's bestimmt schon 'n Buch zu. Von Eckart von Hirschhausen oder ähnlich gut gelaunten Bestsellerschreibern. Die sind einem immer ein Stückchen voraus, weil sie Scharen von Zuträgern haben, einen Think-Tank, einen Denk-Panzer, wo die Besten der Besten das Allerbeste, das es gibt, einsammeln und sichten und in der richtigen Reihenfolge zusammennähen, und Ecki und Konsorten, die müssen dann lediglich noch ihre Unterschrift drunterkritzeln und es im Fernsehen vermarkten. So läuft's. Schreib ich demnächst 'n Buch zu.

Oh, eine weitere Welle. Scheiße. Ich wollt es doch genießen, das Leben. Verdammt! Warum kann ich mir das eigentlich nie merken.

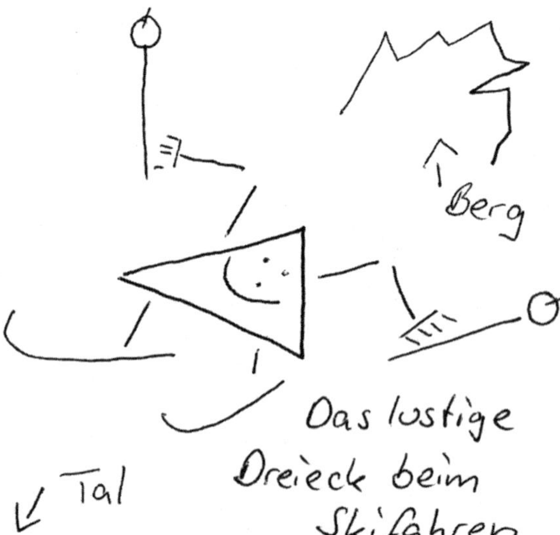

Später

Meine Tochter malt. Sehr gerne und sehr gut. Vor allem Mangas malt sie. Mangas sind so Comics. Die zeichnen sich dadurch aus, dass die Mädchen, es gibt auch Jungs, aber die sehen eigentlich genauso aus wie Mädchen, dass die Mädchen große viereckige Augen haben, in deren Pupillen drei kleine weiße Kreise sich befinden, jedenfalls sagt das meine Tochter so. Ich glaube ihr das auch, denn ihre Freundinnen malen auch alle Mangas, und da haben die Mädchen auch alle diese viereckigen Augen mit den drei kleinen weißen Kreisen drin. Deren Gesichtsausdruck ist immer gleich. So eine Mischung aus traurig und erstaunt. Eigentlich unterscheiden sich die Figuren lediglich durch ihre Haarlänge und die Kleidung.

Schöne neue Welt! Ich denke nämlich, dass es irgendwann tatsächlich so sein wird. Die Japaner waren uns ja schon immer etwas voraus. Irgendwann werden sich die Mädchen, die Jungs auch, aber erst später, per operativen Eingriffen und Spritzbesteck ihr Gesicht und ihren Körper so zusammenschustern, wie es dem gerade gängigen Schönheitsideal entspricht. Es wird dann eine Einheitsnase, Einheitsaugen, -mund, -wangen, -kinn geben. Einheitsbrüste, -taillen, -füße. Da mag es uns heute noch schaudern, einigen werden die Haare zu Berge stehen, aber ich sehe das im Prinzip ganz entspannt. Ist doch schön! Wenn man es sich leisten kann und keine gesundheitlichen Schäden zu befürchten sind?

Dauert sicher noch. Jede Neuerung fordert ja anfangs gewisse Opfer. Doch wenn alle gleich schön aussehen, kann man sich viel besser auf die inneren Werte konzentrieren. Problematisch wird es erst, wenn man auch diese inneren Werte optimieren kann. Aber auch das ist Zukunftsmusik, die komponiert werden wird, dereinst. Warum sollte der Mensch stehen bleiben in seiner Entwicklung? Irgendwann wird man sicher sämtliche Funktionen im Gehirn stimulieren können. Dann wird man vielleicht eine Packung Mut in der Apotheke zu kaufen bekommen und genau auf die Dosierung achten, damit man nicht zu viel nimmt und Übermut dabei herauskommt. Gelassenheit wird es geben, Zielstrebigkeit und etwas gegen Durst. Ach nein, das gibt es ja bereits. Ich meine gegen Besserwisserei. Nein, das meine ich auch nicht, weil, es ist ja gar nicht schlimm, wenn man alles besser weiß, weil es doch ziemlich super ist, für die Gesellschaft, wenn man alles besser weiß. Eigentlich haben doch bloß die anderen ein Problem, dass sie nicht damit zurechtkommen, wenn jemand alles besser weiß als sie. Sie sollten etwas gegen ihre Minderwertigkeitskomplexe nehmen und sich anschließend freuen und von demjenigen lernen, der alles besser weiß. Wobei es irgendwann sicher niemanden mehr geben wird, der alles besser weiß, weil es irgendwann geimpft werden kann, das Wissen. Da geben dann die besten Computergenerationen den Maßstab an Wissen vor, und die Menschen werden jährlich per Serum auf den neuesten Stand gebracht. Also, kann sein, es läuft ein bisschen anders ab, mit Bestrahlung und so, weiß ich nicht, Jules Vernes U-Boot sah ja auch nicht eins zu eins so aus wie die ersten echten.

Auf jeden Fall, wenn die Menschen nicht nur äußerlich, sondern auch innerlich bis auf mehrere Stellen hinterm Komma sich gleichen, das halte ich dann wirklich für ein Problem. Das könnte zu entsetzlicher Langeweile führen. Ich mein, kann natürlich sein, die Unterhaltungsindustrie ist bis dahin in völlig andere Dimensionen vorgestoßen. Sicher wird sie das. Vielleicht wird es ja auch gar nicht mehr wichtig sein, wie wir aussehen, wie wir ticken, weil sich unser eigentliches Leben längst virtuell abspielt und auf der Erde landende Außerirdische nur noch unförmige Fleischklumpen vorfinden, die an Apparate angeschlossen sind.

Eine Horrorvision? Nur aus heutigem Blickwinkel betrachtet. Ich stell mir gerade vor, was wohl ein behaarter Urmensch so denken würde, wenn er uns ganzkörperrasierte Wesen sähe, wie wir, eingehüllt in Kunststoffe, an einem Tisch sitzen, Tofuburger in uns reinstopfen, während wir abwechselnd auf einen Flachbildschirm und das blinkende Handy starren. Würde er schreiend in seine Zeitmaschine flüchten oder interessiert sein? Vorurteilsfrei eine Kostprobe nehmen?

Ich jedenfalls bin Optimist. Ich denke, wir schaffen das schon, wir kommen schon zurecht, wir Mädchen. Und wir Jungs auch, aber erst später.

Drogensüchtiger im Park

Zwiegespräche mit Gott – heute: Zukunft

A: Na Gott.
G: Na.
A: Na, haste mitjekricht, mit den Zukunftspreis, Gott, den der Gauck vajeben hat?
G: Preise sind Scheise.
A: Preiße meinste.
G: Die ooch.
A: Ick find dit lustich, Gott, dit man ein Preis vajibt für die Zukunft, als könnte man voraussehn, wat ma wichtich sein würd, inne Zukunft.
G: Ja, is untaschiedlich, wat man so lustich findit. Muss ooch Humor jehm für schlichte Jemüta.
A: Fritzchenwitze.
G: Zukunftspreise.
A: Lebensmittil aus Leinsaat ham dit Rennen jemacht, Gott.
G: Intirissant.
A: Inne Zukunft wern wa wahscheinlich allit aus Leinsaat essen. Würstchen, Käse, Hühnasuppe.
G: Ma sehn, wer denn noch drüba lachen kann.
A: Haha. Ick mach mir ja ooch nüscht aus Preise, Gott. Ick hab schon früa imma, inne Schule, da jing mir dit voll an Ahsch vorbei, wenns 'ne Medallje jab. Bei 'ne Spatakjade, oda so. Da binnick manchma soja mit Absicht langsama jerannt als die andan, weil die andan sich so jefreut ham, wenn se jewinn.
G: Wahst du so 'ne Sportskanone, damals?
A: Nee. Ehmd nich. Mit Absicht nich. Sonst hättick ja jewonn, Gott. Und denn hätten die andan sich jeärgat und wärn trau-

rich jewesen oda saua uff mir. Und denn hätten se mir jeschubst, inne Pause, oda mit Ratzefummilkrümil beschossen, durch hohle Fallbleistiftröhrchen.

G: Ratzefummilkrümil?

A: Radiergummis, Gott. Die hießen damals so, in Berlin. Kommt außin Hebräischen. »Radier« heißt uff Hebräisch ja »Ratze« und »Gummi« uff Hebräisch »Fummil«.

G: Haste dir grad ausjedacht?

A: Nee. Kommt ville außin Hebräischen, Gott, bein Berlinan.

G: Außin Jiddischen, meinste?

A: Is doch ditselbe.

G: Nee! Issit nich!

A: Wat weeß icke. Jedenfalls hätten se mir fertich jemacht, wennick jewonnen hätte, imma. Dit is so sicha wie der Samen inne Kürsche, Gott. So aba konntick völlich unbehellicht 'n Schattendasein führn und zu eine unbeachtiten Pasönlichkeit heranreifen.

G: Hmm.

A: Kiek, wat aus mir jeworden is!

G: Sollick jetz lachen?

A: Musste nich, Gott. Humor kamman nich azwingen. Uff jeden Fall wolltick ja einklich ooch nur druff hinaus, dit sich die Zukunft völlich vaändat hat, in Laufe der Zeit.

G: Ach.

A: Ja. Übaleg doch ma. Wäre früa ürgendjemand einjefalln, dit wa inne Zukunft Würstchensuppe aus Leinsaat essen?

G: Möglichaweise.

A: Wah 'ne rhetorische Frage, Gott. Selbstvaständlich nich. Inne Zukunft, früa, is man mit Raketen durch de Jegend jeflogen. Da jabs Biemmaschinen, Zeitmaschinen, Kommunismus, Ähnlichit. Aba keene Bongbongs aus Körnagrütze.

G: Villeicht jabit die ooch, inne Vorstellungen von manche, bloß dit die sich damit nich so jebrüstit ham? Die wollten villeicht nich so ufffalln, mit ihre Vorstellungen.

A: Meinste, Gott?

G: Meinick.

A: Weeßte, wat ick mir damals vorjestellt hab?

G: Ja. Aba azähl ruhich.

A: Ick hab mir vorjestellt, dit man inne Zukunft übaall hinfahn dürf, selbst in Westen, ohne dit man 'n Wisum benöticht.

G: So, wie't jetze is.

A: Na ja. Eha nich. Ick dachte, dit wär denn eha so wie bei uns, inne DDR, bloß ehmd übaall uff de Welt.

G: Gruselich.

A: Tschüss Gott.

G: Tschüss du. Ach, du?

A: Ja, Gott?

G: Biste denn enttäuscht worn, vonne Zukunft?

A: Ach wat, Gott. Die is ehmd nur noch nich da, die Zukunft.

Inhalt und Form

Vollkommen irre ist es, für einen Auftritt von zwei mal sieben Minuten, also einer knappen Viertelstunde, zehn Stunden mit dem Zug zu fahren. Zehn Stunden hin, zehn Stunden wieder zurück. 20 Stunden! Das heißt, wenn alles glattgeht. Aber es geht nie alles glatt.

»Verzögerungen im Betriebsablauf« heißt meine Lieblingsauskunft für den Grund einer Verspätung. »Aufgrund von Verzögerungen im Betriebsablauf haben wir im Moment leider eine Verspätung von 30 Minuten. Wir werden den Bahnhof Blablabla deshalb voraussichtlich gegen 6.66 Uhr erreichen. Wir entschuldigen uns für eventuell entstehende Unannehmlichkeiten und wünschen Ihnen trotzdem eine gute Weiterreise und einen schönen Tag.«

Nett. Fühlt man sich doch sofort besser, wenn man den Grund für die Verspätung kennt. Stellt euch doch bitte mal vor, man würde vollkommen im Unklaren darüber gelassen werden, warum der Zug eine Verspätung hat. »Wir haben im Moment leider eine Verspätung von 30 Minuten, den Grund dafür sagen wir nicht.« Schätze, da würde das Volk komplett ausrasten. Toben würde das Volk. »Unverschämtheit! Warum sagen die uns den Grund nicht? Man wird doch wohl noch den Grund wissen dürfen! Ist es etwa schon wieder so weit? Wo Unrecht zu Recht wird, wird Widerstand zur Pflicht!« Dabei hat man selbst in dieser Variante noch »leider« gesagt. Es wurde sich also entschuldigt, quasi. Nein, ich finde es geradezu vermessen, damit zu rechnen, dass alles glattgeht. Das wäre doch kein Leben mehr. Lang-wei-lig! »Fährst du fort, so freue dich, irgendwann anzukommen«, sang einst der alte

Goethe, oder vielmehr dichtete, oder weiß ich nicht, vielleicht sang das auch jemand anders, Schiller, Heine, Brecht, und falls nicht, ist es jetzt eben von mir. Dann setze ich mich auf diese Formulierung mit meinem fetten Arsch. Wobei, fetter Arsch, ich würde ehrlich gesagt sonst was dafür geben, einen fetteren Arsch zu haben, einen etwas fetteren. Ich habe nämlich gar keinen Arsch in der Hose. Jedes Mal kaufe ich engere, noch engere Hosen, und jedes Mal muss ich nach kurzer Zeit feststellen, sie hängen mir doch wieder in den Kniekehlen, und ich bin keineswegs ein Anhänger dieser Moderichtung. Nein, bei mir hat die Natur ganz schön was vermanscht. Dicker Bauch, dünne Arme und Beine, kein Arsch. Und das sieht nicht nur nicht aus, hier passt die Formulierung endlich mal, nein, das tut auch weh. Beim Sitzen, bei längerem Sitzen. Im Knast (hoho!), aber auch im Zug. Deshalb fahre ich so ungerne Auto, also mit, weil ich da nicht rumlaufen kann. Im Zug kann man ja rumlaufen. Im Zug laufe ich eigentlich immer rum. Die Leute denken oft, ich sei wahnsinnig, dabei müssten sie mir lediglich auf den Hintern schauen, um zu wissen, dass mir gar nichts anderes übrig bleibt.

Ich finde das übrigens nicht sexistisch, wenn mir Frauen auf den Hintern schauen. Es ist nur peinlich. Bestimmt denken sie, dass man da doch was machen können müsste. Was ich allerdings sexistisch finde, ist, dass es für Frauen ausgepolsterte BHs gibt, aber keine aufgepolsterten Hosen für Männer mit Problemzonen. Das finde ich voll sexistisch. Ich finde entweder oder. Entweder Push-up-BHs verbieten oder ab sofort auch Hosen für Männer mit künstlichen Arschbacken. Ist doch voll das Klischee, dass Männern am Arsch vorbeigehen würde, wie sie aussehen, das stimmt doch gar nicht. Müssen wir denn erst Demonstrationen organisieren, Ketten bilden, damit das die Gesellschaft auch wahrnimmt? »Auf die Straße, reiht euch ein, auch mein Po will runder sein!« Korrekt müsste es natürlich »wirken« heißen, denn ich will meinen Arsch ja nicht umoperieren lassen, sondern es soll lediglich so aussehen, als sei er runder. Aber dann reimt sich's nicht mehr. Und ohne Reime ziehst du keine Massen auf die Straße, das ist leider so. Da kannst du Inhalt über Inhalt haben, die Form muss gefallen. Bei mir, wie gesagt, fehlt beides, also Inhalt und Form, in der Hose, hintenrum. Ich gehe aber sehr offen damit um, um nicht zu verbittern, um kein Ventil suchen zu müssen für meine Wut. Die Ausländer. Die Medien. Die Bahn. Deswegen fahre ich eher entspannt von Berlin nach Basel, von Basel nach Zürich, von Zürich nach Zug, mit dem Zug, eine Stunde, vier Stunden, elf Stunden. Wie's eben kommt.

»Verzögerungen im Betriebsablauf.« Immer noch besser als: »Werte Reisende. Weil sich ein junger, in der Blüte seines Lebens stehender Mann, Vater dreier Kinder, Linus, Cynthia, Madeleine, aus Liebeskummer – seine Freundin, die Mutter von Linus, Cynthia und Madeleine, hatte sich kurzfristig entschieden, mit einem anderen Mann, Auto, Haus, Garten, noch mal ganz von vorn zu beginnen –, weil dieser junge Mann keinen anderen Ausweg mehr sah, als sich auf der vor uns liegenden Strecke …« Darauf verzichte ich. Gerne.

Ottos Schwester Susi konnte in ihrem eigenen Ohr schlafen.*

* nach einer Idee von Kirsten Fuchs

Zwiegespräche mit Gott – heute: After Work

A: Na Gott.

G: Na.

A: Na. Wolln wa tanzen jehn, Gott?

G: Is hellichta Tach.

A: Is doch ejal, Gott. Afta Wörk. Freitach nach eins macht jeda seins.

G: Is weda Freitach noch nach eins.

A: Na, ob dit wohl ma nach eins is! Kiek doch ma uff de Uhr, Gott.

G: Aba is nich Freitach.

A: Nich? Fühlt sich aba an wie Freitach. Liecht wahscheinlich dadran, dittit Mittwoch is.

G: Ja. Wahscheinlich. Wat willste übahaupt tanzen jehn, du hast doch bereits 'ne Olle?

A: Man jeht doch nich nur aus sexuelle Motiwe heraus tanzen, Gott, sondan weil't einen Spaß macht. Sich in Kreise drehn, linksherum, rechtsherum, hui! Mitte Kniee wackiln, die Haare schön schüttiln, inne Hüften sich wiejen, der Heidi von hinten anne Schulta fassen.

G: Notgeil. Ick nenn so wat notgeil.

A: Wejen Heidi jetz, oda wat?

G: Du bist janz hibbelich. Mann, dir trieft die Geilheit ja rejilrecht aus de Augenwinkil. Kiek dir ma in Spiejel an, Sportsfreund.

A: Wicksen dürfick ja nich.

G: Och nee, der schon wieda. Wieso willste denn wicksen?

A: Meene Olle is weg, Gott.

G: Hat se't endlich wahr jemacht, ja? Komm her, meen Kleena. Aba, hastit dir selba zuzuschreiben, letzten Endis. Wie oft habick dir jesacht, Körpapfleje is nich nur wichtich in Hinblick uff die Abwehr jesundheitsschädlicha Pilz- und Bakterjenstämme? Wie oft?!

A: Meene Olle is in Kolumbjen, Gott.

G: So weit gleich?! Mannometa! Dabei riechtit so schlümm nu ooch wieda nich, findick.

A: Sie is ja ooch nich uffe Flucht, Gott, sie is von ihre Abeit aus da. Brigadefeia.

G: In Kolumbjen?!

A: Warum nich?

G: Weil Kolumbjen nich in' S-Bahn-Bereich liecht? Weil't 'ne Stange Jeld kostit, nach Südamerika zu komm? Weil't, selbst wemman sich 'n Nachttaxi ruft, nahezu unmöglich sein dürfte, an selben Ahmd noch nach Hause zu jelang'?

A: Hmm. Habick mir ooch jedacht, Gott. Aba denn, denn wieda habick jedacht: Heutzutaje, die Kindas, wa, die fahn ja ooch manchmas zu 'ne Abschlussfaht, bis nach Spanjen hin, vonne Kita aus. Wieso soll die Brigade von meene Olle denn nich, weeßte …?

G: Du hast nie dran jedacht, dit se dir villeicht … anschwindiln könnte?

A: Ausjeschlossen, Gott! Lüjen tut se nich.

G: Weilit Sünde is?

A: Nee. Weil wa uns ma jesacht ham, dit wa uns nich anlüjen tun.

G: So. Habta dit?

A: Hamwa. Weil, uff Ehrlichkeit nämich, uff beidaseitijit Vatrauensvahältnis, daruff beruht eine harmonische Beziehung, sacht ooch Jutta Resch-Treuwerth, Gott.

G: Die Brigadeleiterin?

A: So wat Ähnlichit.

G: Und wie lange isse schon weg?

A: Jutta?

G: Deine Olle.

A: Drei Wochen.

G: Drei Wochen Brigadefeia?!

A: Janz schön lange, oda?

G: Weeßte denn, wann se zurückkommt?

A: Sie hat jesacht, sie meldit sich.

G: Und? Hat se sich schon jemeldit?

A: Sie hat jesacht, könnte schwierich wern, mit sich melden, weil die Post in Kolumbjen, weil die wohl nich so zuvalässich abeiten tut wie die Post bei uns.

G: Die … Post. Bei … uns.

A: Ja, so hat se't jesacht. Also, bevor se die Tür zujeschmissen hat. Tschüss Gott.

G: Tschüss du … Strohwitwa. Ach, Strohwitwa?

A: Ja, Gott?

G: Ick hol nur schnell ma meen Glitzajackett außin Schrank, ja? Afta Wörk, sachste? Wat is denn dit für'n Tanzstil? Hoffentlich nich so vasaut. Obwohl, wat soll der Geiz, lassen wa 't krachen.

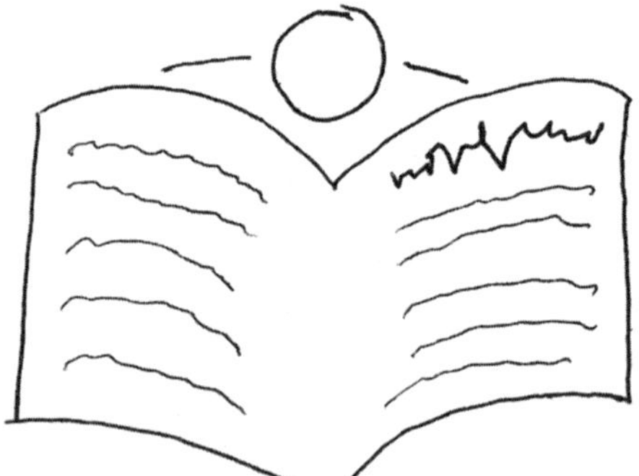

Die Schlagzeilen waren auch schon mal besser

Ahne bei Voland & Quist

Zwiegespräche mit Gott
Buch + Audio-CD
ISBN 978-3-938424-17-9
EUR 14,90 (D)

Neue Zwiegespräche mit Gott
Buch + MP3-CD
ISBN 978-3-938424-41-4
EUR 14,90 (D)

Zwiegespräche mit Gott – Unser täglich Brot
Buch + Audio-CD
ISBN 978-3-938424-25-4
EUR 14,90 (D)

Zwiegespräche mit Gott – Das vierte Buch
Buch + Audio-CD
ISBN 978-3-86391-063-1
EUR 14,90 (D)

Was war eigentlich morgen
Buch + Audio-CD
ISBN 978-3-938424-25-4
EUR 13,90 (D)

Gedichte, die ich mal aufgeschrieben habe
Buch + Audio-CD
ISBN 978-3-938424-83-4
EUR 14,90 (D)

Wieder kein Roman
Buch + Audio-CD
ISBN 978-3-86391-016-7
EUR 14,90 (D)

Lese- und Hörproben auf www.voland-quist.de